普通高等教育计算机系列规划教材

Visual FoxPro 程序设计实验指导

齐邦强　主编

齐苏敏　王　抒　孙尚辉　副主编

科 学 出 版 社

北 京

内 容 简 介

本书是与《Visual FoxPro 程序设计》（科学出版社，齐苏敏主编）配套的实验教材。为了方便读者上机练习，本书设计了 18 个实验项目，其中前 17 个是基本实验，最后 1 个是综合实验。这些实验紧扣课堂教学内容，能够使学生更好地熟悉 Visual FoxPro 程序设计的方法，从而达到培养学生初步的数据库应用系统开发能力的教学目标。

本书可作为高等院校计算机普及教材，也可作为计算机等级考试辅导教材。

图书在版编目(CIP)数据

Visual FoxPro 程序设计实验指导/齐邦强主编. —北京：科学出版社，2010
（普通高等教育计算机系列规划教材）

ISBN 978-7-03-028966-7

Ⅰ. ①V… Ⅱ. ①齐… Ⅲ. ①关系数据库-数据库管理系统，Visual FoxPro-程序设计-高等学校-教材 Ⅳ. ①TP311.138

中国版本图书馆 CIP 数据核字（2010）第 177561 号

责任编辑：李太铼 / 责任校对：马英菊
责任印制：吕春珉 / 封面设计：耕者设计工作室

科 学 出 版 社 出版
北京东黄城根北街 16 号
邮政编码：100717
http://www.sciencep.com

源海印刷有限责任公司 印刷
科学出版社发行 各地新华书店经销
*
2010 年 9 月第 一 版 开本：787×1092 1/16
2010 年 9 月第一次印刷 印张：6
印数：1—5 000 字数：130 000

定价：12.00 元
（如有印装质量问题，我社负责调换〈海生〉）

销售部电话 010-62134988 编辑部电话 010-62135763-8220（VI03）

前　　言

21 世纪人类社会全面进入信息时代，信息处理是计算机技术一个最广泛的应用领域，而数据库管理系统是进行信息处理的最佳工具。Visual FoxPro 是当今用得最广的桌面数据库管理系统之一，它是计算机领域 C/S（客户/服务器）结构重要的前端开发工具，也是非计算机专业计算机等级考试（二级）最为普及的课程之一。

本书是与《Visual FoxPro 程序设计》（齐苏敏主编）配套的实验教材。学习数据库程序设计，上机实验是十分重要的环节。为了方便读者上机练习，本书设计了 18 个实验项目，其中前 17 个是基本实验，最后 1 个是综合实验。这些实验紧扣课堂教学内容，通过有针对性的上机练习，可以加深学生对教学内容的理解，切实提高学生的实践动手能力，能够更好地熟悉 Visual FoxPro 程序设计的方法，从而实现培养学生初步的数据库应用系统开发能力的教学目标。

为了达到理想的实验效果，读者在上机实验前要仔细预习实验内容，对实验步骤要有清晰的了解，并对实验内容和课堂教学的内容做一下比较，思考在实验过程预期的效果以及可能出现的问题，做到心中有数；在实验过程中，注意观察、记录实验结果，利用课堂所学知识认真分析结果；实验后认真完成"思考与练习"部分的内容。

本书由齐邦强、齐苏敏、王抒、孙尚辉参加编写，全书由齐邦强统稿。

曹宝香教授审阅了全书，并提出了许多宝贵意见，在此表示衷心的感谢。

由于编写水平有限，书中不当之处在所难免，敬请广大读者批评指正。

目　录

实验一　认识 Visual FoxPro 的集成开发环境

一、实验目的

1）了解 Visual FoxPro 6.0 的启动与退出。

2）熟悉 Visual FoxPro 6.0 集成开发环境的用户界面与基本操作方法。

3）掌握 Visual FoxPro 系统环境的配置。

4）了解 Visual FoxPro 向导、生成器、设计器。

二、实验内容和步骤

1. Visual FoxPro 6.0 的启动与退出

（1）启动

可以采用下列两种方法启动 Visual FoxPro 6.0。

方法 1：单击任务栏的"开始"按钮，从"开始"菜单中选择"所有程序"命令，在级联菜单中选择"Microsoft Visual FoxPro 6.0"程序组中的"Microsoft Visual FoxPro 6.0"，如图 1-1 所示。

方法 2：双击桌面上的 Visual FoxPro 快捷方式，如图 1-2 所示。

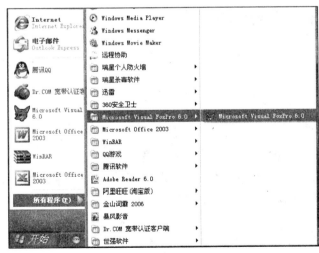

图 1-1　启动 Visual FoxPro 方法 1　　　　　　图 1-2　启动 Visual FoxPro 方法 2

Visual FoxPro 6.0 启动之后的操作界面如图 1-3 所示。

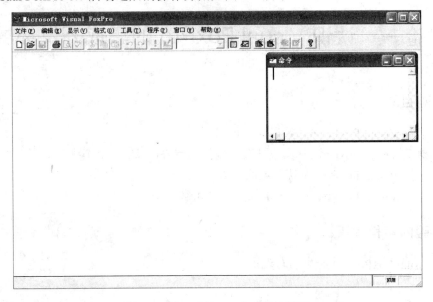

图 1-3　Visual FoxPro 启动后的界面

（2）退出

退出 Visual FoxPro 系统的方法比较多，常用的方法如下。

方法 1：单击右上角的"关闭"按钮⊠。

方法 2：在"命令"窗口中输入"quit"命令，然后按 Enter 键，如图 1-4 所示。

图 1-4　退出 Visual FoxPro 命令

2. 配置 Visual FoxPro 系统环境

本实验主要介绍 Visual FoxPro 系统的"选项"对话框的设置方法。

首先，打开"选项"对话框，操作方法为单击"工具"菜单，从下拉菜单中选择"选项"子菜单，如图 1-5 所示。打开"选项"对话框，如图 1-6 所示。

（1）设置默认工作目录

设定自己的工作目录，目的是将某个目录设定为保存文件的默认目录，以方便地将建立的文件保存在自己的目录中。

操作步骤如下。

1）利用 Windows 资源管理器，建立一个自己的目录（文件夹），如 d:\myVFP。

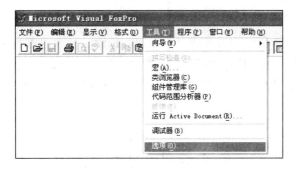

图 1-5 选择"选项"命令

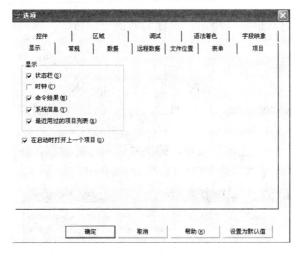

图 1-6 "选项"对话框

2）选择"工具"→"选项"命令，弹出"选项"对话框，在该对话框中选择"文件位置"选项卡，再选择"默认目录"项，如图 1-7 所示。

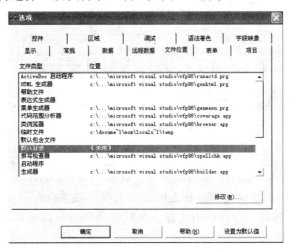

图 1-7 默认目录设置

3）单击"修改"按钮，弹出"更改文件位置"对话框，选中"使用默认目录"复选框，在文本框里输入自己的目录或单击右边的按钮选择自己的目录，如图1-8所示。然后单击"确定"按钮返回到"选项"对话框。

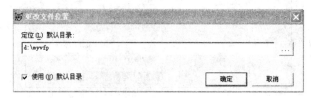

图 1-8　修改默认目录

4）在"选项"对话框中，单击"设置为默认值"按钮，然后单击"确定"按钮完成设置。

（2）设置帮助文件

实验室 Visual FoxPro 系统安装时一般不安装 MSDN，用户只要在 Visual FoxPro 的帮助文件夹下安装 Foxhelp.chm 帮助文件，进行连接设置，就可以使用联机帮助系统。

操作步骤如下。

1）选择"工具"→"选项"命令，弹出"选项"对话框，在该对话框中选择"文件位置"选项卡，再选择"帮助文件"项，如图1-9所示。

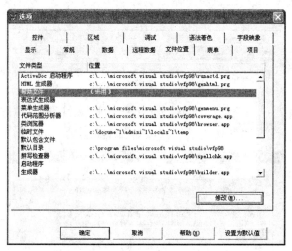

图 1-9　帮助文件的设置

2）单击"修改"按钮，弹出"更改文件位置"对话框，选中"使用帮助文件"复选框，在文本框里输入"C:\vfp 帮助\Fox help.com"或单击右边的按钮选择该文件，如图1-10所示。然后单击"确定"按钮返回到"选项"对话框。

3）在"选项"对话框中，单击"设置为默认值"按钮，然后单击"确定"按钮完成设置。

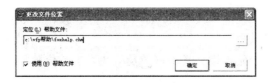

图 1-10　修改帮助文件

（3）设置区域选项

打开"选项"对话框中的"区域"选项卡，如图 1-11 所示。

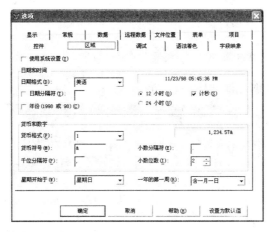

图 1-11　"区域"选项卡

在 Visual FoxPro 中，日期的表示有多种格式，用户可以设定一种自己喜欢的格式。设定后输入的日期按此格式显示。

操作步骤如下。

1）选择"区域"选项卡，打开"日期格式"下拉列表框，选择一种格式，如 ANSI。在右边会显示格式样例，如图 1-12 所示。请仔细观察其中的各项元素，理解它们的意义。

图 1-12　日期格式的设置

2）单击"设置为默认值"按钮后，单击"确定"按钮完成设置。

在"区域"选项卡中，还可以设置日期分隔符、年份是否为 4 位、时间为 12 小时制还是 24 小时制、是否显示秒、货币符号及格式、小数位数等。

注 意

设置完成后，单击"设置为默认值"按钮，然后再单击"确定"按钮，这样，所做的系统环境设置才始终对 Visual FoxPro 系统起作用。如果没有单击"设置为默认值"按钮，直接单击"确定"按钮，那么，环境设置仅对本次使用有效，当退出 Visual FoxPro 系统后，本次设置将被取消。

3. Visual FoxPro 6.0 的界面及基本操作

Visual FoxPro 6.0 的界面如图 1-13 所示。

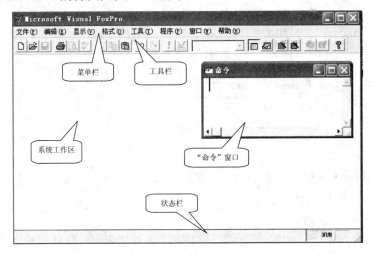

图 1-13　Visual FoxPro 6.0 系统界面

（1）Visual FoxPro 的菜单

Visual FoxPro 的菜单系统包含了许多命令，系统提供的大部分功能都可以使用菜单中的命令完成。另外，菜单栏中的选项不是固定不变的，而是会随着当前所进行的操作发生动态的变化。

当单击菜单栏上的某个菜单时，观察状态栏上出现的信息；移动鼠标指针至弹出菜单中的某个选项时，观察状态栏上出现的信息。

（2）"命令"窗口

Visual FoxPro 的操作功能可以通过菜单操作完成，也可以通过在"命令"窗口中输入交互命令完成，有时使用后者更加快捷、方便。当输入一条命令后，按 Enter 键，Visual FoxPro 就执行该命令。

（3）工作（输出）区

在"命令"窗口输入的命令执行后，一般情况下，执行的结果将显示在工作（输出）区。

在"命令"窗口输入命令序列，如图 1-14 所示。观察工作（输出）区显示的结果。

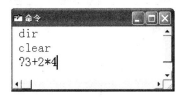

图 1-14 命令演示

4. Visual FoxPro 的向导、生成器、设计器

（1）向导

向导是一种快捷设计工具，利用向导可以轻松地一步步完成创建文件等某些任务。启动向导的方法有两种。

方法 1：选择"文件"→"新建"命令，出现"新建"对话框。先选择某个文件类型，再单击"向导"按钮，出现"向导"对话框，根据提示顺序执行下去，可以创建某个文件，如图 1-15 所示。

方法 2：选择"工具"→"向导"子菜单，在其后的级联菜单中选择所需的向导，打开"向导"对话框，创建文件，如图 1-16 所示。

图 1-15 向导的使用　　　　　　　　图 1-16 用向导创建文件

（2）设计器和生成器

设计器用来创建或修改数据库、表、查询、报表、表单等文件，如图 1-17 所示，即为表设计器。生成器是一种辅助工具，借助它可以巧妙地生成一些功能，简化了操作，如图 1-18 所示即为表正式生成器。

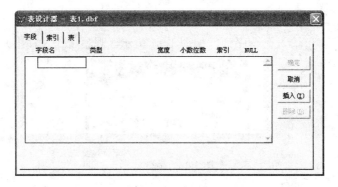

图 1-17 "表设计器"对话框

图 1-18 "表达式生成器"对话框

三、思考与练习

1）"命令"窗口的作用是什么？

2）显示和隐藏工具栏有哪两种方法？

3）"新建"菜单命令能建立哪些文件类型？

4）什么是设计器？什么是生成器？

实验二　Visual FoxPro 基础

一、实验目的

1）了解 Visual FoxPro 的数据类型。
2）掌握常量、变量及表达式的使用。
3）了解部分函数的功能。
4）掌握部分函数的使用方法。

二、实验内容和步骤

1. 常量与变量的使用

1）定义变量 A、B、C、name、sex、birthday，其值分别为 6、10、10、"李平"、.T.、{^1986-4-17}，如图 2-1 所示。

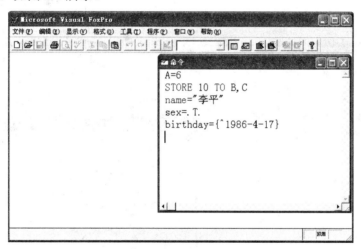

图 2-1　变量赋值

注　意

① 在 Visual FoxPro 中输入的命令，所有的标点符号均要使用半角符号。

② 注意给多个变量赋相同值的书写格式。想一想还可以用什么方法对变量 B 和 C 赋值？

③ 给逻辑型变量赋值时，逻辑常量（.T.或.F.）两边的圆点不能漏掉。

④ {^1986-4-17}是严格的日期型常量。想一想，如何用传统的日期格式对变量 birthday 赋值？

2）在"命令"窗口中用"？"命令显示上述变量的值，如图 2-2 所示。

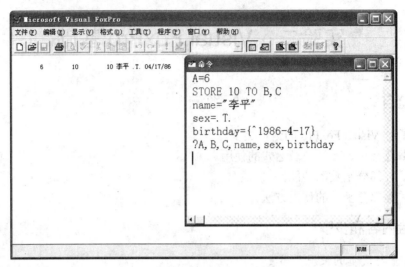

图 2-2　显示变量的值

3）在"命令"窗口中用 LIST MEMORY 或 DISPLAY MEMORY 命令查看上述变量的值和类型，如图 2-3 所示。

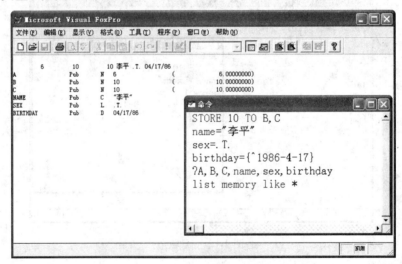

图 2-3　查看变量的值

试一试

如果将"LIST MEMORY LIKE *"中的"LIKE *"去掉，即只输入"LIST MEMORY"，观察输出的什么结果，为什么？

4）在"命令"窗口中用 RELEASE 命令清除指定变量 A、B、C，如图 2-4 所示。清除后显示变量，看是否被清除了。

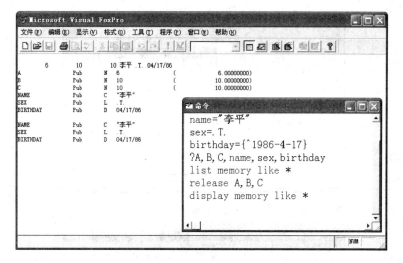

图 2-4　变量的清除

5）在"命令"窗口中用 CLEAR MEMORY 命令清除所有用户定义的变量，如图 2-5 所示。清除后显示变量，看是否全被清除了。

图 2-5　清除所有用户定义的变量

2. 数组的定义与使用

1）定义三行两列的数组 A，并为整个数组 A 赋初值 0，如图 2-6 所示。

想一想

还可以用什么命令定义数组？

2）为各数组元素分别赋值"李平"、20、"王强"、21、"张玲"、20，并显示数组元素各值，如图 2-7 所示。

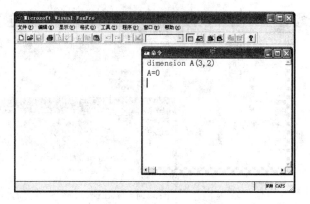

图 2-6　数组的定义

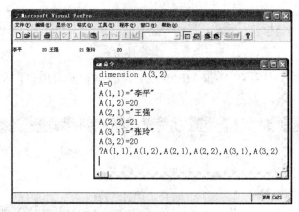

图 2-7　数组元素的赋值及显示

试一试

显示 A（5）的值，看它与哪个数组元素的值相同，为什么？

3）查看整个数组 A 的值和类型，如图 2-8 所示。

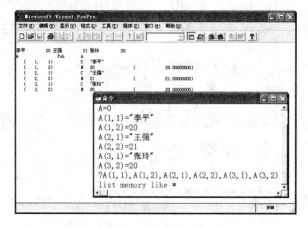

图 2-8　查看数组的值与类型

3. 常用函数的使用

1）在"命令"窗口中逐个输入如图 2-9 所示的命令，每个命令按 Enter 键结束，在 Visual FoxPro 主窗口中查看各函数的结果。

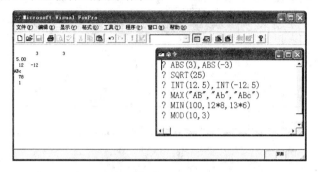

图 2-9　数值函数练习

2）在"命令"窗口中逐个输入如图 2-10 所示的命令，每个命令按 Enter 键结束，在 Visual FoxPro 主窗口中查看各函数的结果。

图 2-10　字符函数练习

3）在"命令"窗口中逐个输入如图 2-11 所示的命令，每个命令按 Enter 键结束，在 Visual FoxPro 主窗口中查看各函数的结果。

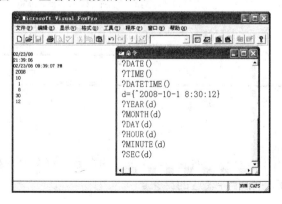

图 2-11　日期函数练习

4）在"命令"窗口中逐个输入如图 2-12 所示的命令，每个命令按 Enter 键结束，在 Visual FoxPro 主窗口中查看各函数的结果。

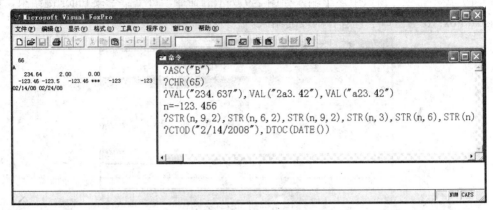

图 2-12　转换函数练习

注　意

在 CTOD（"2/14/2008"）函数中，字符型的参数必须和本机 Visual FoxPro 系统设置的日期时间格式一致，否则转换不成功，结果为空的日期。

5）在"命令"窗口中逐个输入如图 2-13 所示的命令，每个命令按 Enter 键结束，在 Visual FoxPro 主窗口中查看各函数的结果。

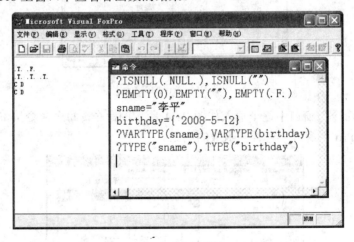

图 2-13　测试函数练习

4. 表达式的使用

在"命令"窗口中逐个输入如图 2-14 所示的命令，每个命令按 Enter 键结束，在 Visual FoxPro 主窗口中查看各表达的结果。

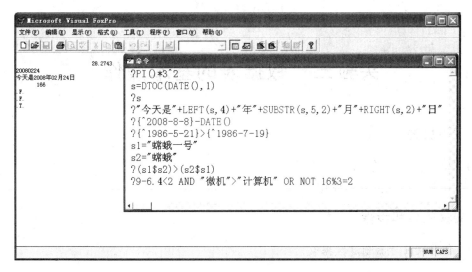

图 2-14　表达式练习

三、思考与练习

1）在 Visual FoxPro 中有哪些常用的数据类型，它们分别是什么？

2）在 Visual FoxPro 中共有几种表达式，它们分别是什么？

3）在 Visual FoxPro 中共有几种类型的运算符，它们分别是什么？它们的优先级怎样？

实验三　数据表的基本操作

一、实验目的

1）掌握数据表的创建。

2）掌握数据表的基本操作。

二、实验内容和步骤

1. *利用表设计器创建数据表*

表是由表结构和数据（记录）组成的，因此数据表的建立需要分两步完成：创建表结构和输入数据（记录）。在 Visual FoxPro 中，创建表的方法有使用表设计器和表向导两种。

建立一个学生表，其表名为“学生”，表结构为“学生[学号 C（2）、姓名 C（10）、性别 C（2）、出生日期 D、院系 C（2）、党员否 L、工作简历 M、照片 G]”。数据记录如图 3-1 所示。

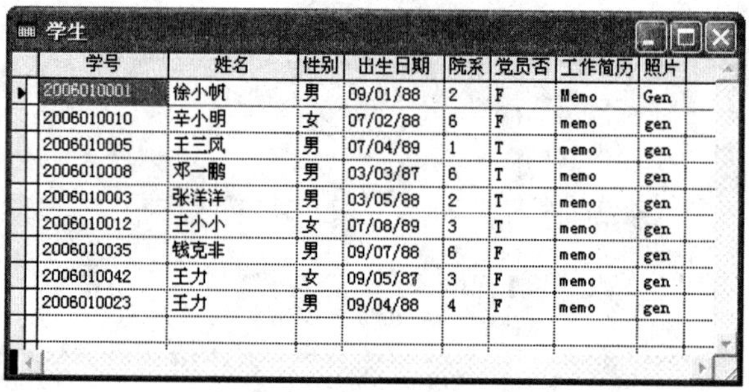

学号	姓名	性别	出生日期	院系	党员否	工作简历	照片
2006010001	徐小帆	男	09/01/88	2	F	Memo	Gen
2006010010	辛小明	女	07/02/88	6	F	memo	gen
2006010005	王三风	男	07/04/89	1	T	memo	gen
2006010008	邓一鹏	男	03/03/87	6	T	memo	gen
2006010003	张洋洋	男	03/05/88	2	T	memo	gen
2006010012	王小小	女	07/08/89	3	T	memo	gen
2006010035	钱克非	男	09/07/88	6	F	memo	gen
2006010042	王力	女	09/05/87	3	F	memo	gen
2006010023	王力	男	09/04/88	4	F	memo	gen

图 3-1　学生表中的记录

操作步骤如下。

（1）启动“表设计器”

执行“文件”→“新建”命令，选中“表”，单击“新建文件”按钮，打开“创建”对话框，在“输入表名”文本框中输入“学生”，单击“保存”按钮。打开“表设计器—学生.dbf”对话框，如图 3-2 所示。或者在“命令”窗口输入“CREATE　学生”，也可打开“表设计器—学生.dbf”对话框。

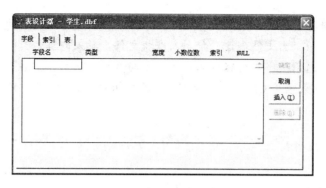

图 3-2 表设计器

（2）定义表中的字段

单击"字段"标签，在"字段名"处输入"学号"，"类型"处选择"字符型"，"宽度"处输入"10"。单击"字段"列的下一个空白框，指定表中的其他字段。

▶ 注 意

"表设计器—学生.dbf"对话框中，按 Tab 或 Shift+Tab 组合键，选择框可在各个字段间移动；按 ↑、↓、←、→ 键，可实现"类型"的选择；"宽度"、"小数位数"既可直接输入，也可通过单击其右侧的递增或递减按钮来实现。

（3）保存表结构

单击"确定"按钮，关闭"表设计器—学生.dbf"对话框，保存所定义的表结构。

（4）输入数据（记录）

单击"确定"按钮后，在系统弹出的提示用户"现在输入数据记录吗？"对话框中，单击"是"按钮，则可以进入数据记录输入窗口，如图 3-3 所示。单击"否"按钮，则只是建立表结构，以后可以追加记录。

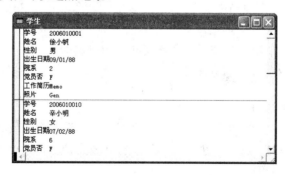

图 3-3 输入记录

▶ 注 意

① 日期型数据的输入要与"选项"对话框中"区域"选项卡内的日期格式一致。

② 空值的输入方法：按 Ctrl 的同时按数字 0 键。

③ 备注型数据的输入方法：首先双击 mem，然后在打开的编辑窗口中输入数据。

④ 通用型数据的输入方法：首先双击 gen，打开一个窗口，然后执行"编辑"→"插入对象"→"由文件创建"命令，查找文件，插入即可。

⑤ 备注型、通用型字段内容被保存在一个与数据表同名、扩展名为.fpt 的文件中。

保存所输入的记录按 Ctrl +W 组合键。若不想保存此次的输入，可按 Ctrl+Q 组合键或按 Esc 键。

2. 打开表与关闭表

（1）打开表

刚创建的表，处于自动打开状态；若对已经存在的表进行操作则首先需要将其打开。

方法 1：执行"文件"→"打开"命令，在"文件类型"处选择"表（*.dbf)"，在文件列表中选择"学生.dbf"文件，如图 3-4 所示，单击"确定"按钮。

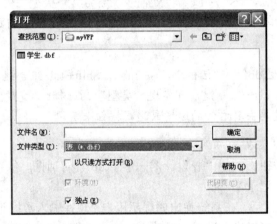

图 3-4　打开表文件

方法 2：在"命令"窗口中键入"USE-学生"命令，并按 Enter 键即可打开表。

（2）关闭表

在"命令"窗口中输入 USE 命令，然后按 Enter 键即可。

3. 与表结构有关的基本操作

（1）显示学生表结构

首先打开学生表，然后执行"显示"→"表设计器"命令，或在"命令"窗口中输入"MODIFY STRUCTURE"后执行，都可以打开表设计器，也可以在"命令"窗口中输入"LIST STRUCTURE"。

▌**注　意**

LIST STRUCTURE 命令显示的结构信息位于工作区中，其中的字段宽度的总计数目比各字段宽度之和大 1，这是因为系统保留了一个字节用来存放逻辑删除标记。

（2）修改表结构

修改学生表，在"出生日期"前插入一个"家庭住址 C（50）"字段。

打开学生表后，启动表设计器窗口，在表设计器的"字段"选项卡中单击"出生日期"字段，并单击"插入"按钮，然后输入字段信息。

4. 浏览数据记录

（1）工作（输出）区中显示浏览记录

首先打开学生表，浏览其中的记录。在"命令"窗口中输入以下命令，如图 3-5 所示，从系统工作区中查看执行结果。

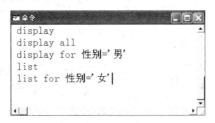

图 3-5 查看记录命令

（2）浏览窗口中显示浏览记录

1）打开学生表后，执行系统窗口"显示"→"浏览"命令，打开"浏览"窗口，观察"浏览"窗口中的数据记录。分别选择"显示"→"浏览"与"编辑"命令，如图 3-6 所示，查看数据浏览方式。

图 3-6 数据浏览方式

2）依次在"命令"窗口中执行下列命令序列，并观察命令的执行结果。

```
browse
browse for 性别="男"
browse fields 姓名,出生日期 for 性别="女"
```

5. 数据表记录的追加

打开相关的数据表"学生.dbf"后，追加记录的操作可以通过"显示"→"追加方式"子菜单完成，如图 3-7 所示。或通过选择"表"→"追加新记录"来完成，如图 3-8 所示。

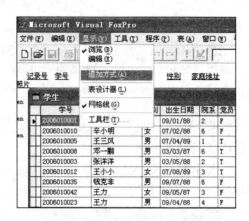

图 3-7　追加数据

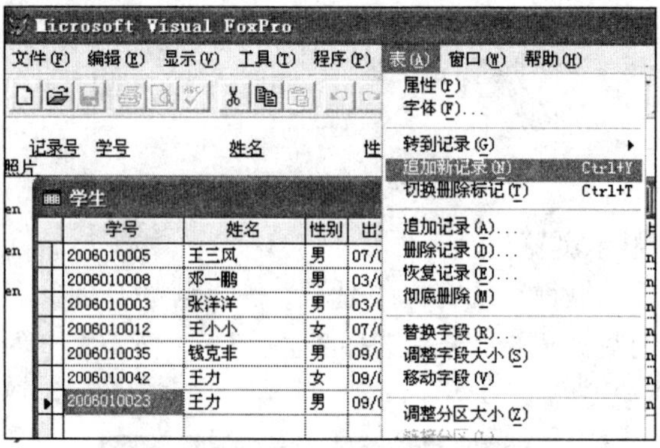

图 3-8　追加新记录

　　追加记录的操作也可以用命令 APPEND 来完成。在"命令"窗口中输入"APPEND"，然后按 Enter 键，系统会打开数据编辑窗口，如图 3-9 所示，在窗口中输入数据即可添加数据。

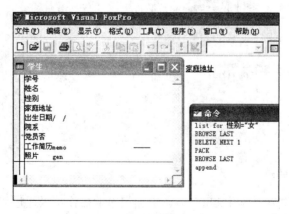

图 3-9　添加记录

6. 数据表中记录的定位

移动记录指针有两种方式，即记录指针的绝对移动和记录指针的相对移动。其操作可以通过菜单操作和命令操作来完成。

（1）记录指针的绝对移动

记录指针的绝对移动可通过命令 GO 或者 GOTO 命令来实现，其命令执行结果可以通过 RECN( )函数来显示。依次在"命令"窗口中执行如图 3-10 所示的命令序列，并观察命令的执行结果。同时，观察状态栏的变化。

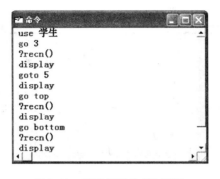

图 3-10　记录指针的绝对移动

（2）记录指针的相对移动

记录指针的相对移动可通过 SKIP 命令来实现，在"命令"窗口中执行如图 3-11 所示的命令序列，并观察命令的执行结果。

图 3-11　记录指针的相对移动

（3）记录指针的条件定位

记录指针的条件定位可通过 LOCATE…FOR 命令来实现，依次在"命令"窗口中执行如图 3-12 所示的命令序列，并观察命令的执行结果。

```
locate for 性别="男"
?recn(),eof(),found()
locate for 出生日期>{^1989-01-01}
?recn(),eof(),found()
locate  for year(出生日期)>1988
?recn(),eof(),found()
locate for 姓名="王力"
?recn(),eof(),found()
locate for 姓名="王力" and 性别="男"
?recn(),eof(),found()
locate for 姓名="王力"
?recn(),eof(),found()
continue
?recn(),eof(),found()
```

图 3-12　记录指针的条件定位

注　意

当记录指针指向最后一条记录的后面时，EOF( )函数的返回值为真；当记录指针指向第一条记录的前面时，BOF( )函数的返回值为真；当查找命令找到记录时（记录指针在第一条和最后一条记录之间），FOUND( )函数的返回值为真。

7. 修改记录操作

数据表中的记录经常会发生变化，因此对数据表记录的及时修改或更新也是非常重要的。对数据表记录可以逐一修改，也可以批量修改。

（1）逐一修改记录

打开学生表，在"命令"窗口中执行 BROWSE 或 EDIT 命令显示表中的记录，然后将插入点移到相应记录的字段上直接逐一修改。

（2）批量替换操作

若字段的修改是有规律的，可用 REPLACE 命令修改，修改效率将会非常高。如为学生表增加一个新字段"年龄 I"，从"命令"窗口中执行下列命令，并观察命令的执行结果。

```
replace all 年龄 with year(datea())-year（出生日期）
```

8. 删除记录操作

记录的删除有两种：逻辑删除与物理删除。

（1）逻辑删除

在 Visual FoxPro 中对记录作删除标记（即逻辑删除）可以使用 DELETE 命令。依次在"命令"窗口中执行下列命令序列，并观察命令的执行结果。

```
delete for 性别="女"
browse
```

在 Visual FoxPro 中也可以通过下列方法将记录作删除标记。

首先浏览表的记录，如图 3-13 所示。然后单击要删除的记录前面的矩形框，此矩形框会变成黑色，表示该记录被逻辑删除，即作了逻辑删除标记。再次单击，黑色消失，表示记录恢复。

学号	姓名	性别	家庭地址	出生日期	院系	党员否	工作简历	照片	年龄
2006010001	徐小帆	男		09/01/88	2	F	Memo	Gen	20
2006010010	辛小明	女		07/02/88	6	F	memo	gen	20
2006010005	王三凤	男		07/04/89	1	T	memo	gen	19
2006010008	邓一鹏	男		03/03/87	6	T	memo	gen	21
2006010003	张洋洋	男		03/05/88	2	T	memo	gen	20
2006010012	王小小	女		07/08/89	3	T	memo	gen	19
2006010035	钱克非	男		09/07/88	6	F	memo	gen	20
2006010042	王力	女		09/05/87	3	F	memo	gen	21
2006010023	王力	男		09/04/88	4	F	memo	gen	20

图 3-13 逻辑删除

（2）恢复记录

对于带有删除标记的记录，可以通过单击删除标记来撤消它，或者选择"表"→"恢复记录"命令恢复删除。还可以使用 RECALL 命令撤消记录的删除标记（恢复删除），依次在"命令"窗口中执行下列命令序列，观察命令的执行结果。

```
delete for 性别="男"
browse
recall all
browse
```

（3）物理删除

对记录作了删除标记之后，可以通过"表"→"彻底删除"命令对相应的记录进行物理删除。也可以使用 PACK 命令把它们从磁盘上永久地删除，PACK 命令如下所示。

```
delete for 姓名="王小小"
pack
browse
```

三、思考与练习

1）新建自由表，建立课程［课程号 C（3）、课程名称 C（10）］，并输入相应的记录，数据如图 3-14 所示。

课程号	课程名称
C1	数学分析
C2	英语
C3	C语言
C4	数据结构
C5	政治
C6	物理
C7	逻辑电路

图 3-14 课程.dbf

2）新建自由表，建立选课［学号 C（10）、课程号 C（3）、成绩 I］，并输入相应的记录，数据如图 3-15 所示。

学号	课程号	成绩
2006010001	C1	78
2006010001	C2	88
2006010001	C3	89
2006010001	C4	75
2006010001	C5	65
2006010003	C6	76
2006010003	C1	78
2006010003	C2	78
2006010003	C3	99
2006010003	C4	45
2006010008	C5	65
2006010008	C6	76
2006010008	C1	78
2006010008	C2	68
2006010005	C3	99
2006010005	C4	45
2006010005	C5	65
2006010005	C6	76
2006010010	C1	78
2006010010	C2	68
2006010010	C3	99
2006010010	C4	45
2006010010	C5	65
2006010010	C6	76

图 3-15　选课.dbf

实验四 数据库的操作

一、实验目的

1）掌握数据库的基本操作。
2）掌握数据库中表的使用。
3）掌握工作区的使用。

二、实验内容和步骤

建立如图 4-1 所示的"学生成绩管理.dbc"数据库，了解 Visual FoxPro 数据库的基本操作方法。

图 4-1 "学生成绩管理"数据库

1. 创建新数据库

执行"文件"→"新建"命令，从弹出的"新建"对话框中选择"数据库"选项，然后单击"新建文件"按钮，进入"创建"对话框。在"创建"对话框中指定新建数据库的文件名——"学生成绩管理"以及保存位置，单击"保存"按钮，出现"数据库设计器—学生成绩管理"窗口，如图 4-2 所示。或者在"命令"窗口中直接输入"CREATE DATABASE 学生成绩管理.dbc"，然后执行系统"显示"→"数据库设计器"，打开数据库设计器。

图 4-2 数据库设计器

2. 打开、关闭与删除数据库

（1）打开数据库

执行系统"文件"→"打开"命令，从弹出的"打开"对话框中的"文件类型"下拉列表中选择"数据库（*.dbc）"，然后在"数据库"文件列表中选择"学生成绩管理.dbc"，最后单击"确定"按钮。

打开数据库还可以在"命令"窗口中输入"OPEN DATABASE 学生成绩管理.dbc"，若要出现数据库设计器窗口，则继续执行"MODIFY DATABASE"。

（2）关闭数据库

在"命令"窗口中输入"CLOSE DATABASE"后，并按 Enter 键，则关闭打开的数据库。

（3）删除数据库

在"命令"窗口中输入"DELETE DATABASE <DATABASENAME>"，则可以删除指定的数据库，如"DELETE DATABASE 学生成绩管理"。

3. 添加和移去数据库表

（1）添加数据库表

在"数据库设计器"窗口的空白地方单击鼠标右键，从弹出的快捷菜单中选择"添加表"命令，然后从弹出的"打开"对话框中依次选择表"学生.dbf"、"选课.dbf"和"课程.dbf"，并单击"确定"按钮。最后，在"数据库设计器"窗口中观察"学生成绩管理"数据库所包含的数据表。

（2）移去数据库表

在"数据库设计器—学生成绩管理"窗口中单击需要移去的表，执行系统菜单"数据库"中的"移去"命令，然后在弹出的提示框中单击"移去"按钮，使之成为自由表。在"数据库设计器—学生成绩管理"窗口中右击选定的表，从快捷菜单中选择"删除"命令，在弹出的对话框中单击"移去"按钮，也可以移去数据表，如图 4-3 和图 4-4 所示。

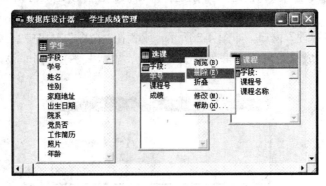

图 4-3　删除数据表

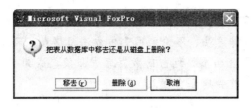

图 4-4 删除数据表选项

注 意

选择“移去”命令，把选定的数据表从数据库中移除，使之成为自由表且不再属于当前数据库；选择“删除”命令，把选定的表从数据库中移除，并把对应的.dbf文件从磁盘中删除。

4. 新建、修改数据库表

（1）新建数据库表

在“数据库设计器”窗口上单击鼠标的右键，从弹出的快捷菜单中执行“新建表”命令，新建一个“教师”表。打开“表设计器—教师.dbf”窗口，建立表结构，如图 4-5 所示。输入数据记录，如图 4-6 所示。

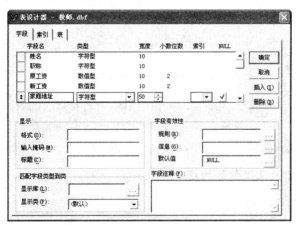

图 4-5 数据库表设计器

教师

姓名	职称	原工资	新工资	家庭地址
Alice	教授	20000.00	0.00	.NULL.
Bob	副教授	11000.00	0.00	南区2号楼
Turdy	教授	22000.00	0.00	.NULL.
Jackson	副教授	12000.00	0.00	国际交流中心
Riche	讲师	10000.00	0.00	.NULL.

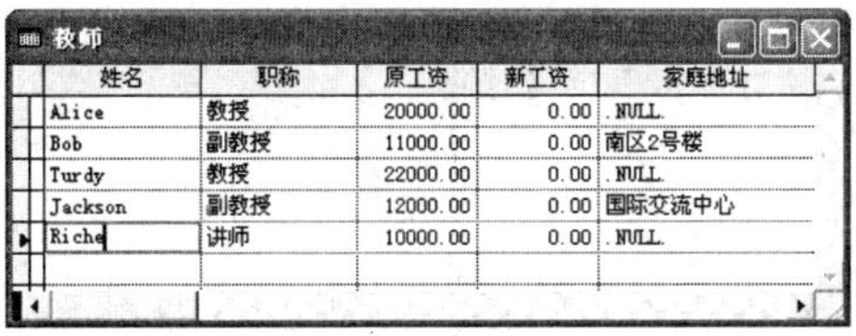

图 4-6 输入教师表数据

注 意

① 对比图 4-5 和图 3-2，可以发现数据库表设计器中“字段”选项卡比自由表设计

器"字段"多了 4 项内容：显示、字段有效性、匹配字段类型到类和字段注释。

② 新建表有多种操作方法，不论采用哪种方法新建表，只要当前有打开的数据库，就会把新建的表自动添加到当前数据库中，使之成为数据库表；如果当前没有打开的数据库，就会建立自由表。

（2）修改数据库表

在"数据库设计器—学生成绩管理"窗口中单击需要修改的表，执行系统菜单"数据库"中的"修改"命令，或者在"数据库设计器—学生成绩管理"窗口中右击选定的表，从快捷菜单中选择"修改"命令，打开表设计器，修改选定表的结构，如图 4-7 所示。

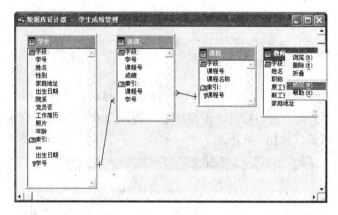

图 4-7　修改表结构的快捷菜单

在"数据库设计器—学生成绩管理"窗口中单击需要修改的表，执行系统菜单"数据库"中的"浏览"命令，或者在"数据库设计器—学生成绩管理"窗口中右击选定的表，从快捷菜单中选择"浏览"命令，可以打开浏览窗口，浏览或修改选定表的记录。

5. 多个表同时打开及工作区的应用

在"命令"窗口中，输入以下命令序列。

```
use 学生
browse
?学号
use 选课
browse
?学号
```

观察输出结果，可以发现在第二次使用 USE 命令打开表时，会把第一次打开的表关闭。

在"命令"窗口中，输入以下命令序列。

```
select 1
use 学生
```

```
select 2
use 选课
browse
?学号
select 1
browse
?学号
```

观察输出结果，可以发现两个表可以同时打开。

在"命令"窗口中，输入以下命令序列。

```
select A
use 学生
use 选课 IN 2
browse
?学号
select 选课
browse
?学号,A.姓名,学生.性别,A->院系,A->年龄,课程号,成绩
```

观察输出结果，可以发现能够实现上一步相同的功能。

注 意

① 使用不同的工作区可以同时打开多个表，但只有一个工作区（表）是当前工作区（表），其内容可以直接引用。

② 要引用其他工作区中表中的数据（主要体现为字段变量），必须写成"工作区名.字段名"或"工作区名->字段名"的形式。内存变量不受此限制。

③ 工作区名可以用数字编号（1~32767）、字母编号（A~J，W11~W32767），也可以使用工作区中打开的表名作为工作区的别名。

④ 工作区的数字编号中，0号工作区是一个特殊的编号，指当前可用的编号最小的工作区。

三、思考与练习

1）Visual FoxPro 数据库及数据库表涉及的文件有哪些？其扩展名是什么？

2）数据库表与自由表相比较有哪些异同点？

实验五　索引和数据的完整性

一、实验目的

1）了解索引的类型。
2）掌握索引的建立和使用。
3）掌握保证数据完整性的方法。

二、实验内容和步骤

1. 建立表索引

建立如图 5-1 所示的数据表的结构化复合索引文件，索引文件中包含根据"学号"字段建立的主索引，索引标记名为"学号"；根据"出生日期"字段建立的普通索引，索引标记名为"CSRQ"。

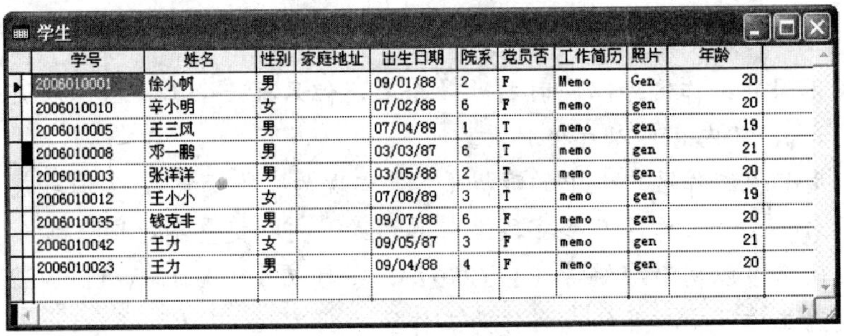

学号	姓名	性别	家庭地址	出生日期	院系	党员否	工作简历	照片	年龄
2006010001	徐小帆	男		09/01/88	2	F	Memo	Gen	20
2006010010	辛小明	女		07/02/88	6	F	memo	gen	20
2006010005	王三凤	男		07/04/89	1	T	memo	gen	19
2006010008	邓一鹏	男		03/03/87	6	T	memo	gen	21
2006010003	张洋洋	男		03/05/88	2	T	memo	gen	20
2006010012	王小小	女		07/08/89	3	T	memo	gen	19
2006010035	钱克非	男		09/07/88	6	F	memo	gen	20
2006010042	王力	女		09/05/87	3	F	memo	gen	21
2006010023	王力	男		09/04/88	4	F	memo	gen	20

图 5-1　学生表数据

（1）用菜单方式建立索引

1）首先打开学生表，执行系统菜单"显示"下的"表设计器"命令（或在"命令"窗口输入"MODIFY STRUCTURE"），打开表设计器，单击选择"字段"选项卡，如图 5-2 所示。

2）选定"学号"字段，单击"索引"列上的▾按钮，选择"升序"。

3）选定"出生日期"字段，单击"索引"列上的▾按钮，选择"升序"。

4）单击"索引"标签，如图 5-3 所示。在第一行的"索引名"列表中把原索引名"出生日期"改为"CSRQ"。在第二行的"类型"列表中，选定索引类型为"主索引"。

5）单击"确定"按钮后，弹出一个对话框，单击"是"按钮即完成设置。

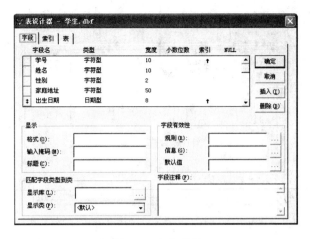

图 5-2　建立索引

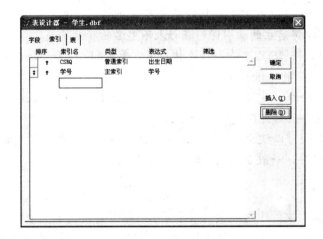

图 5-3　修改索引

注　意

① 在表设计器中建立的索引，保存在与表重名的结构复合索引文件（CDX 文件）中。

② 一个表中主索引只能有一个，候选索引和普通索引可以有多个。

③ 数据库表可以建立四种类型的索引（主索引、候选索引、普通索引和唯一索引），自由表不能建主索引，只能建立三种类型的索引。

（2）用命令方式建立索引

在"命令"窗口中输入下列索引命令。

```
INDEX ON 姓名 TAG XM
```

命令执行后，执行系统菜单"显示"下的"表设计器"命令，打开表设计器，单击"索引"标签，结果如图 5-4 所示。

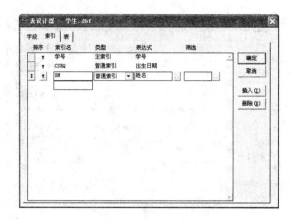

图 5-4　命令创建的索引

> **注　意**

① INDEX 命令建立的索引默认保存在与表重名的结构复合索引文件中，INDEX 命令也可以将建立的索引保存在与表不重名的非结构复合索引文件（CDX 文件）或单索引文件（IDX 文件）中，在执行时需要加 TAG TagName OF CDXFileName 或 TO IDXFileName 短语。

② INDEX 命令默认建立的是普通索引，加 CANDIDATE 短语可以建立候选索引，加 UNIQUE 短语可以建立唯一索引。

③ INDEX 命令可以使用 ASCENDING、DESCENING 短语指定索引表达式的顺序（升序或降序，一般在不指明时，默认为升序）。

2. 指定主控索引

结构化复合索引文件中往往包含多个索引，如果要让其中某个索引起作用，必须指定该索引为主控索引。否则，数据表记录的访问顺序仍然是原来的物理顺序。

（1）菜单操作

首先用浏览窗口的方式浏览表中的记录，然后执行系统菜单"表"下的"属性"命令，出现"工作区属性"对话框，如图 5-5 所示。在"索引顺序"下拉列表框中，选择学号索引标记，并单击"确定"按钮，观察浏览窗口中记录的排列顺序。

图 5-5　指定主控索引

（2）命令操作

在"命令"窗口中执行下列命令序列，观察浏览窗口中记录的排列顺序。

```
use 学生
browse
set order to XM
browse
use 学生 order CSRQ
browse
```

SET ORDER TO TagName 和 USE TableName ORDER TO TagName 的用法。

3. 索引查询

在"命令"窗口中依次执行下列命令序列，并观察系统工作区中的命令执行结果。

```
use 学生  order 学号
seek  "2006010012"
set order to CSRQ
seek {^1988-07-02}
```

对比 SEEK 和 LOCATE 命令的异同。

4. 设置字段有效性

从前两个实验中，我们知道数据库表可以设置字段有效性，而自由表不能。给学生表的"性别"字段设置有效性，如图5-6所示。

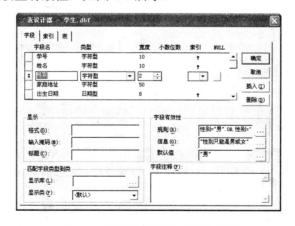

图5-6　"性别"字段的有效性规则

具体步骤如下。

1）打开学生表，打开表设计器，选择"性别"字段。

2）在"规则"文本框中输入表达式：性别="男" or 性别="女"。

3）在"信息"文本框中输入字符串："性别必须是男或女"。

4）在"默认值"文本框中输入字符串："男"。

5）单击"确定"按钮，保存退出。

注　意

在"规则"框中必须输入表达式，在"信息"框必须输入字符串，要有字符常量定界符，在默认值框中输入的数据的类型要和字段的类型一致。

5. 设置参照完整性

参照完整性是指当修改一个表数据时，通过参照相互关联的另一个表中的数据来检查对表的操作是否正确。因此设置参照完整性，需要设置两个表之间的关系，最好是在数据库设计器中完成。要设置参照完整性，需要先对相关表设置相关的索引，设置表之间的（永久）联系。

要设置"学生"－"选课"－"课程"三个表之间的参照完整性，操作步骤如下。

1）打开数据库学生成绩管理。

2）在数据库设计器中，对各表设置相应的索引。

3）在学生表的"学号"索引项上单击鼠标，然后拖动鼠标到选课表的"学号"索引项上，松开鼠标，两表之间出现一条连接线，联系就设置好了。用同样的方法设置选课表和课程表之间的联系（通过课程号）。

4）双击两条连线中的任一条，开始设置表间的参照完整性。在出现的"编辑关系"对话框中，单击"参照完整性"按钮，如图5-7所示。

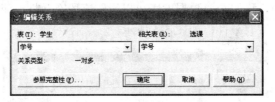

图 5-7　"编辑关系"对话框

5）如果出现图 5-8 所示的对话框，单击"确定"按钮，回到"编辑关系"对话框，单击"取消"按钮，然后选择菜单"数据库"中的"清理数据库"功能，再执行步骤 4）。

图 5-8　清理数据库提示

6）执行步骤 4）后，出现如图 5-9 所示的对话框，此时就可以根据实际要求，选择相应的约束规则，设置三个表之间的参照完整性。单击"确定"按钮退回到数据库设计器，最终的结构如图 5-10 所示。

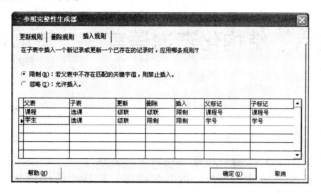

图 5-9 "参照完整性生成器"对话框

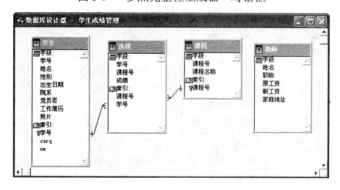

图 5-10 设置参照完整性

▼ 注 意

① 如果两表之间是一对一联系，则两表都对连接字段设置主索引或候选索引；如果两表之间是一对多联系，则一方对连接字段设置主索引或候选索引，多方对连接字段设置普通索引；Visual FoxPro 不支持多对多联系。

② 如果两表之间是一对多联系，拖动鼠标时必须从一方拖动到多方；如果两表之间是一对一联系，则从任一表拖动到另一表即可。

三、思考与练习

1）如何理解索引机制？Visual FoxPro 中的索引文件有哪几种类型？

2）如何利用菜单和命令建立各种索引文件？

3）如何打开、使用、关闭各类索引文件？

4）如何在 Visual FoxPro 中指定主控索引？

5）Visual FoxPro 中有哪几种索引类型？它们各有什么特点？

6）Visual FoxPro 中数据完整性保证包括哪几个方面，分别可以通过什么技术手段保证？

实验六　结构化查询语言——简单查询

一、实验目的

1）掌握 SQL-SELECT 语句的基本语法成分。

2）掌握 SQL-SELECT 查询的几种比较简单的形式。

以下几个实验使用前面实验所建立的学生成绩管理数据库中的几个表，具体结构如图 6-1 所示。

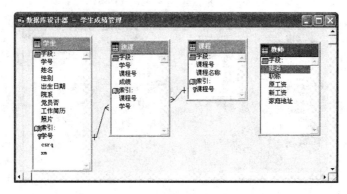

图 6-1　学生成绩管理数据库

二、实验内容和步骤

1. 简单查询

在"命令"窗口中写出具有下列功能的 SELECT 语句，运行并检查运行结果。

1）查询所有学生的姓名。

2）查询教师表的所有记录。

3）查询年龄大于 20 岁的学生姓名。

4）查询年龄大于 20 岁的男生的学号和姓名。

5）查询所有选修了课程的学生的学号（去掉重复值）。

2. 简单的连接查询

在"命令"窗口中写出具有下列功能的 SELECT 语句，运行并检查运行结果。

1）查询选修了"C 语言"的学生的学号和成绩。

2）查询"徐小帆"选修的所有课程名称和成绩。

3）查询所有成绩大于 90 分的学生的姓名和课程名称。

3. 嵌套查询

在"命令"窗口中写出具有下列功能的 SELECT 语句，运行并检查运行结果。

1）查询没有选修任何课程的学生的学号和姓名（去掉重复值）。

2）查询没有任何学生选修的课程名称。

3）查询选修的每门课程都大于 90 分的学生姓名。

4. 几个特殊的运算符

在"命令"窗口中写出具有下列功能的 SELECT 语句，运行并检查运行结果。

1）查询年龄为 19～20 岁的学生的学号和姓名。

2）查询所有姓王的同学的学号和姓名。

3）查询所有是党员的学生的姓名。

4）查询所有不是党员的学生的姓名。

5. 排序

在"命令"窗口中写出具有下列功能的 SELECT 语句，运行并检查运行结果。

1）按年龄降序检索学生的信息。

2）先按成绩升序，成绩相同再按学号降序检索所有学生的学号、姓名、课程名称、成绩。

6. 简单的计算查询

在"命令"窗口中写出具有下列功能的 SELECT 语句，运行并检查运行结果。

1）查询"C 语言"的最高分、最低分、平均分和选修人数。

2）查询"辛小明"的各门课程的总分。

3）统计选修了课程的学生的人数。

7. 分组与计算查询

在"命令"窗口中写出具有下列功能的 SELECT 语句，运行并检查运行结果。

1）统计每门课程的最高分、最低分、平均分和选修人数。

2）统计每位学生的平均分。

3）统计平均分大于等于 60 的学生的姓名。

4）统计选修两门或两门以上课程的学生的姓名、平均分、选课门数。

5）统计选修人数多于两人的课程名称。

8. 利用空值查询

在"命令"窗口中写出具有下列功能的 SELECT 语句，运行并检查运行结果。

1）查询家庭地址已经确定的教师的信息。

2）查询家庭地址未确定的教师的信息。

三、思考与练习

1）SQL 语言有什么特点？

2）SQL-SELECT 语句和 Visual FoxPro 中的 LOCATE 语句、SEEK 语句有什么区别？

3）SQL-SELECT 语句和 Visual FoxPro 中的 SELECT（选择工作区）命令在语法上有什么区别？思考一下计算机是如何区分这两个语句的。

实验七　结构化查询语言——复杂查询

一、实验目的

1) 掌握 SQL-SELECT 基本语句的几种复杂形式。
2) 掌握 SQL-SELECT 查询的几个特殊选项。

二、实验内容和步骤

1. 超连接查询

在"命令"窗口中写出具有下列功能的 SELECT 语句，运行并检查运行结果。

1) 查询选修了"C 语言"的学生的学号和成绩（用内部连接）。
2) 查询"徐小帆"的选修的所有的课程名称和成绩（用内部连接）。
3) 查询所有成绩大于 90 分的学生姓名和课程名称（用内部连接）。
4) 查询所有学生选修的课程和成绩（结果包括姓名、课程名称、成绩，用内部连接）。
5) 查询所有学生选修的课程和成绩（结果包括姓名、课程名称、成绩，用左连接）。
6) 查询各门课程选修的情况（结果包括课程名称、学号、成绩，用内部连接）。
7) 查询各门课程选修的情况（结果包括课程名称、学号、成绩，用左连接）。
8) 查询所有学生选修的课程名称和成绩（结果包括姓名、课程名称、成绩，用全连接）。

2. 使用量词和谓词的查询

在"命令"窗口中写出具有下列功能的 SELECT 语句，运行并检查运行结果。

1) 检索被学生选修的课程的信息（使用谓词）。
2) 检索没有被学生选修的课程的信息（使用谓词）。
3) 检索选修的每门课程的成绩都高于或等于 85 分的学生的学号、姓名和性别（使用谓词）。
4) 检索比任何女生年龄大的男生的信息（使用量词）。
5) 检索比所有女生年龄大的男生的信息（使用量词）。

3. 集合的并

在"命令"窗口中写出具有下列功能的 SELECT 语句，运行并检查运行结果。

1) 查询"C 语言"和"数据结构"两门课程的信息。
2) 查询出生日期大于 1989 年 1 月 1 日和小于 1987 年 9 月 1 日的学生的信息。

4. 几个特殊选项

在"命令"窗口中写出具有下列功能的 SELECT 语句，运行并检查运行结果。

1）查询年龄最小的两个学生的信息。

2）查询平均成绩最高的三名学生的学号和姓名。

3）查询所有学生的姓名、选修的课程名称、每门课程的成绩，结果包括姓名、课程名称、成绩三个字段，把结果保存到自由表"学生成绩.dbf"中。

4）查询所有教师的信息，保存在文本文件"教师.txt"中。

5）查询所有学生的学号、姓名，保存在数组 ABC 中。

6）查询所有学生的学号、姓名，保存在临时表 LSB 中。

三、思考与练习

1）对比超连接和简单连接在形式上有什么不同？

2）含有量词和谓词的查询能不能写成不含量词和谓词的形式？

3）把查询结果保存在数组和临时表中有什么作用？在程序中如何使用其中的数据？

实验八 结构化查询语言——操作和定义功能

一、实验目的

1）掌握 SQL 语言的操作功能。
2）掌握 SQL 语言的定义功能。

二、实验内容和步骤

1. 插入数据

1）在"命令"窗口中写出具有下列功能的 INSERT 语句，运行并检查运行结果。

向教师表中插入一行数据：姓名为"王中华"，职称为"讲师"，原工资为 1000，新工资为 0，家庭地址为空。

2）在"命令"窗口中定义一个数组 XJS（3，5），执行以下命令并检查运行结果。

```
XJS(1,1)="张三"
XJS(2,1)="李四"
XJS(3,1)="王五"
STORE "讲师" TO XJS(1,2),XJS(2,2),XJS(3,2)
STORE 1200 TO XJS(1,3),XJS(2,3),XJS(3,3)
INSERT INTO 教师 FROM ARRAY XJS
```

> **注　意**
>
> 区分 SQL 语句 INSERT 和 Visual FoxPro 语句 INSERT 在语法形式和功能上的异同。

2. 更新数据

在"命令"窗口中写出具有下列功能的 UPDATE 语句，运行并检查运行结果。
1）更新学生表中的数据：每个学生的年龄增加一岁。
2）更新教师表中的数据：每位老师的工资增加 20%。

> **注　意**
>
> 区分 SQL 语句 UPDATE 和 Visual FoxPro 语句 REPLACE 在语法形式和功能上的异同。

3. 删除数据

在"命令"窗口中写出具有下列功能的 DELETE 语句，运行并检查运行结果。
删除教师表中工资等于 1200 的教师的信息。

注　意

区分 SQL 语句 DELETE 和 Visual FoxPro 语句 DELETE 在语法形式和功能上的异同。SQL 语句中的 DELETE 也是逻辑删除。

4. 表的定义

在"命令"窗口中写出具有下列功能的 CREATE TABLE 语句，运行并检查运行结果。

新建一个院系表：院系号 C（2），院系名 C（30），并在院系号上建立主索引，索引名为院系号。

注　意

SQL 语句 CREATE TABLE 把关于表结构的内容全部写在命令中，执行时不需打开表设计器；Visual FoxPro 语句 CREATE 是打开表设计器，然后手动定义表的结构。

5. 表的删除

在"命令"窗口中写出具有下列功能的 DROP TABLE 语句，运行并检查运行结果。删除上一实验建立的学生成绩表。

注　意

该命令完成的是删除操作，相当于在数据库中删除表时选择"删除"命令，而不是"移去"命令。

6. 表结构的修改

在"命令"窗口中写出具有下列功能的 ALTER TABLE 语句，运行并检查运行结果。

1）为教师表增加一个字段"出生日期"，字段类型为日期型。

2）为院系表增加一个新字段"教师人数 I"，并定义字段有效性规则，教师人数≥0，默认值为 0。

3）将教师表中的"姓名"字段的宽度由 10 改为 8。

4）将教师表中的"家庭地址"改为"家庭住址"。

5）删除教师表中的"出生日期"字段。

三、思考与练习

1）总结对比实验中的 SQL 命令和具有相应功能的 Visual FoxPro 命令的异同点。

2）练习怎样使用 CREATE TABLE 或 ALTER TABLE 命令在数据库表之间建立永久联系。

实验九　查询与视图

一、实验目的

1）掌握使用查询设计器创建查询的方法。
2）掌握使用视图设计器创建视图的方法。

二、实验内容和步骤

1. 使用查询设计器创建单表查询

查询所有选修了课程的学生的学号（去掉重复值）。

操作步骤如下。

1）单击"文件"→"新建"子菜单，选择"查询"文件类型，单击"新建文件"按钮，弹出如图 9-1 所示的查询设计器。

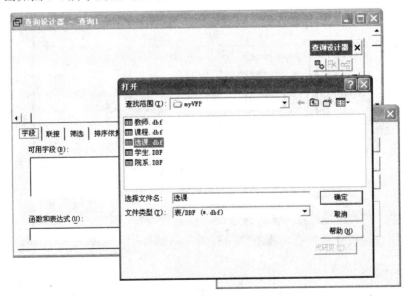

图 9-1　查询设计器

2）添加"选课.dbf"作为数据源。

3）依次设置"字段"、"杂项"选项卡的内容。在"字段"选项卡中选择"可用字段"中的学号并添加到"选定字段"，如图 9-2 所示。在"杂项"选项卡中选中"无重复记录"复选框，如图 9-3 所示。其他选项卡采用默认值。

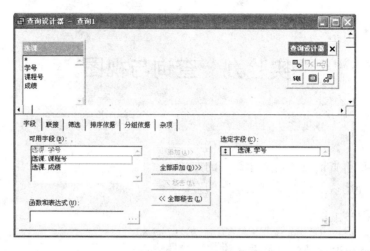

图 9-2　查询设计器的"字段"选项卡

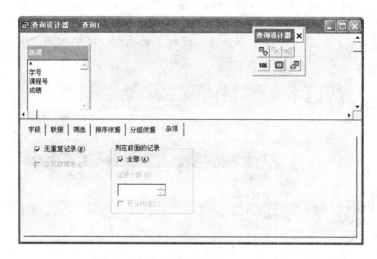

图 9-3　查询设计器的"杂项"选项卡

4）单击工具栏中的红叹号❗运行查询，查看查询窗口中的运行结果。

5）关闭查询设计器，在出现的"另存为"对话框中，命名为"QUERY1"，保存即可。

注　意

① 可以单击查询设计器工具栏上的 SQL 按钮或选择快捷菜单中的"查看 SQL"命令，在一个只读窗口中查看设计器自动生成的 SELECT 命令，然后和自己手写的命令作对比。

② 单击查询设计器工具栏上的 按钮或选择快捷菜单中的"输出设置"命令，弹出如图 9-4 所示的对话框，它可以将查询结果输出到表、临时表、文本文件、打印机等。

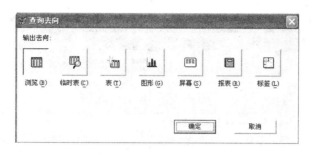

图 9-4 查询设计器的输出设置

2. 使用查询设计器创建多表查询

查询所有成绩大于 90 的学生姓名和课程名称。

操作步骤如下。

1）单击"文件"→"新建"子菜单，选择"查询"文件类型，单击"新建文件"按钮，弹出如图 9-1 所示的查询设计器。

2）依次添加"学生.dbf"、"选课.dbf"、"课程.dbf"作为数据源，如图 9-5 所示。

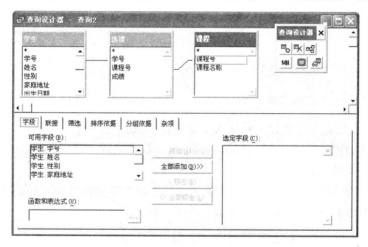

图 9-5 查询设计器的数据源

▶ 注 意

多个表添加时必须把纽带表放在中间，否则临近添加的两个表不能形成连接。如果添加的表之间已经建立好了永久联系，添加时会自动带入；如果没有建立永久联系，设计器会自动在两个表上查找公共字段或相似字段，让用户选择是否作为连接依据。

3）依次设置"字段"、"筛选"选项卡的内容，在"字段"选项卡中选择"可用字段"中的姓名、课程名称并添加到"选定字段"。在"筛选"选项卡中输入筛选条件，如图 9-6 所示。其他选项卡采用默认值。

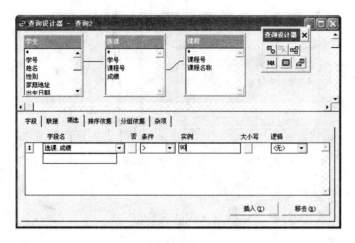

图 9-6　查询设计器的"筛选"选项卡

4）单击工具栏中的红叹号 ! 运行查询，查看查询窗口中的运行结果。

5）关闭查询设计器，在出现的"另存为"对话框中，命名为"QUERY2"，保存即可。

▶ 注 意

查询设计器生成的多表查询，都采用超连接，连接类型默认是内部连接，可以更改。

3. 用视图设计器建立本地视图

视图必须在数据库中创建，接下来了解视图与查询的区别。

建立视图 VIEW1，内容是全部学生的姓名、课程名称、成绩信息。

操作步骤如下。

1）单击"文件"→"新建"子菜单，选择"视图"文件类型，单击"新建文件"按钮，弹出如图 9-7 所示的视图设计器。

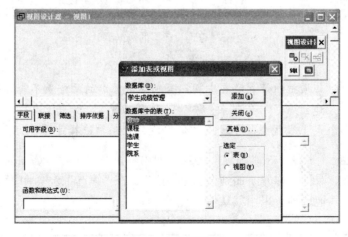

图 9-7　视图设计器

2）依次添加"学生.dbf"、"选课.dbf"、"课程.dbf"作为数据源，如图 9-5 所示。

3）单击工具栏中的红叹号 ! 运行视图，可以预览视图内容。

4）关闭视图设计器，在出现的"另存为"对话框中，视图命名为"VIEW1"，保存即可。

▶ 注　意

可以单击查询设计器工具栏上的 SQL 按钮或选择快捷菜单中的"查看 SQL"命令，在一个只读窗口中查看设计器自动生成的 SELECT 命令，这条命令加上命令头"CREATE VIEW VIEW1 AS "就是生成视图 VIEW1 的命令。

通过视图可以修改数据源数据。视图设计器中没有输出设置，但有"更新条件"选项卡，如图 9-8 所示。

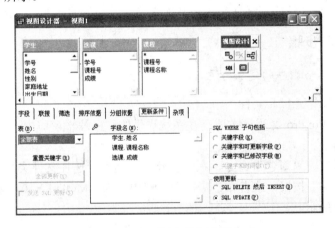

图 9-8　"更新条件"选项卡

▶ 说　明

必须选择关键字段才可以设置更新字段，钥匙符号表示关键字段，铅笔符号表示可更新字段。

通过视图修改数据源数据的步骤如下所示。

1）从左边"表"的下拉列表框中选择可更新的表，默认为全部表。

2）从中间"字段名"中设置关键字段及可更新字段。

3）选择左下角的"发送 SQL"更新，这样就可以通过视图更新源表中的数据了。

4）单击工具栏中的红叹号 ! 运行视图，修改视图中的"工资现状"字段的值，到源表中查看是否更新了数据。

三、思考与练习

1）查询与视图有哪些区别？

2）能否通过查询文件修改源数据中的数据？

3）如何通过向导设计查询与视图？

实验十　设计简单程序

一、实验目的

1）掌握建立、输入、存储应用程序的基本方法。
2）掌握运行、调试、修改应用程序的基本方法。
3）掌握条件分支语句与多分支语句的使用规则和方法。
4）熟练循环结构的应用程序。
5）学会使用分支结构与循环结构的基本方法解决一般的问题。

二、实验内容和步骤

1. Visual FoxPro 程序的建立与运行

（1）建立和编辑源程序文件

建立 Visual FoxPro 源程序主要是在系统提供的程序编辑窗口中进行的，启动程序编辑窗口步骤如下。

执行"文件"→"新建"命令，在"新建"对话框中选择文件类型为"程序"，然后单击"新建文件"按钮。或者在"命令"窗口中输入"MODIFY COMMAND <程序文件名>"，如下所示。

```
MODIFY COMMAND myprog1.PRG
```

无论采用哪种方式，都将打开 Visual FoxPro 程序编辑器窗口，输入程序代码，如图 10-1 所示。

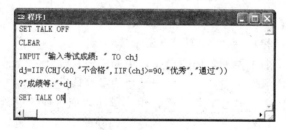

图 10-1　程序编辑窗口

> **注　意**
>
> 无论是修改还是新建程序文件都应注意：一行只能写一条命令，并按 Enter 键结束。一条命令可分几行书写，但在前一行的结尾必须用";"续行标记，表示一条命令未完，转入下一行。

（2）程序的保存与打开

1）保存程序：在程序编辑窗口中，执行"文件"→"保存"命令或按组合键 Ctrl+W，则保存程序编辑窗口中的文件。若保存刚创建的新程序，执行保存操作后会弹出如图 10-2 所示的对话框，在"另存为"对话框中指定保存位置、文件名，选择文件保存类型为"程序（*.prg）"，单击"确定"按钮即可。

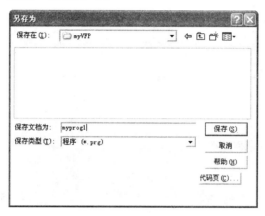

图 10-2 "另存为"对话框

2）打开程序：执行"文件"→"打开"命令，在"打开"对话框中的"查找范围"下拉列表中列出了程序文件所在的位置，在"文件名"文本框中输入程序文件名或在"查找范围"下拉列表框中单击选择，之后单击"确定"按钮，如图 10-3 所示。

图 10-3 "打开"对话框

打开程序也可以通过在"命令"窗口中输入"MODIFY COMMAND <程序文件名>"来实现，如下所示。

```
MODIFY COMMAND myprog1.PRG
```

（3）程序的运行

首先在程序编辑窗口中打开需要运行的程序，直接单击常用工具栏上的"运行"按

钮 。或者在"命令"窗口或程序中，按"DO <程序文件名>"的格式调用程序文件并
执行，例如

```
DO myprog1.PRG
```

2. 编写程序并运行

程序 1：自动判断出分数等级。

要求输入某位同学的一门课的考试成绩（按百分制），若成绩大于等于 90 输出"优
秀"，若小于 90 大于等于 60 输出"良好"，若在 60 以下则输出"不及格"。程序代码如
下所示。

```
SET TALK OFF
CLEAR
INPUT "请输入考试成绩："TO SCORE
IF SCORE >60
    ? "不及格"
ELSE
    IF SCORE>=90
        ? "优秀"
    ELSE
        ? "通过"
    ENDIF
ENDIF
SET TALK ON
```

试一试

① 运行程序，对比上一个程序，结果是不是相同？

② 把程序中的二分支条件语句嵌套，改为多分支语句，对比两者的差别。

③ 如果成绩等级划分为五等（优秀、良好、中等、及格、不及格），分别用二分支
   语句和多分支语句实现，对比两者的差别。

程序 2：计算 S=1+2+3+…+100。

在 Visual FoxPro 中建立一个程序文件，程序代码如下所示。

```
SET TALK OFF
CLEAR
SUM=0
i=1
DO WHILE i<=100
 SUM=SUM+i
i=i+1
ENDDO
? "计算结果是：",SUM
SET TALK ON
```

▐ 试一试

完成了上述程序的调试和运行后，修改上述程序代码的循环部分，用 FOR…ENDFOR 完成相同的任务。

程序 3：多重循环程序设计。

下列程序代码需要实现 1! +2! +…+10! 的计算，请完善程序代码并调试。

```
********程序代码*********
SET TALK OFF
CLEAR
SUM=0
FOR i=1 TO 10

  FOR j=1 TO i
  X=X*j
 ENDFOR
 SUM=
ENDFOR
? "1! +2! +…+10! =",SUM
SET TALK ON
```

▐ 试一试

修改上述程序代码的循环部分，采用单层循环实现 1! +2! + … +10! 的计算。

三、思考与练习

1）从键盘上任意输入一个数给 x，计算下列分段函数的值并输出结果，要求用 IF…ENDIF 语句编写程序。

$$y = \begin{cases} 2x+5 & x>20 \\ 8 & x=20 \\ 10x-5 & x<20 \end{cases}$$

2）编写一个程序，判断所输入的一个字符是英语字母、数字符号还是特殊符号（数字符号和字母之外），并给出相应的提示。

3）编写一个程序产生一个有 20 项的 Fibonacci 数列，并输出。注：Fibonacci 数列的前两项为 1，从第三项开始每一项是其前两项之和。

实验十一　设计多模块程序

一、实验目的

1）熟练使用子程序与过程优化应用程序。
2）理解子程序与过程调用中参数不同时的传递特点。
3）理解不同类型变量的作用域。
4）掌握使用程序调试器调试程序的步骤和方法。

二、实验内容和步骤

1. 过程的定义和调用

1）新建一个程序，程序代码如下所示。

```
*主程序: f1.prg
?"主程序开始"
SET PROCEDURE TO f3
F2()
DO p1
? "主程序结束"
*PROCEDURE p1
? "过程 p1 开始"
? "调用 p3()"
? "返回值: ", p3()
? "过程 p1 结束"
ENDPROC
```

保存文件，命名为 f1.prg。

2）新建一个程序，程序代码如下所示。

```
*子程序: f2.prg
? "子程序 f2 开始"
? "调用 p2()"
x=p2()
? "返回值为:", x
? "子程序 f2 结束"
RETURN
```

保存文件，命名为 f2.prg。

3）新建一个程序，程序代码如下所示。

```
*过程文件: f3.prg
PROCEDURE p2
RETURN
PROCEDURE p3
RETURN 100
```

保存文件，命名为 f3.prg。

4）运行程序 f1.prg，检查运行结果。

5）打开程序调试器，调试运行 f1.prg 程序。步骤如下所示。

① 选择"工具"→"调试器"命令，打开"Visual FoxPro 调试器"窗口，如图 11-1 所示。

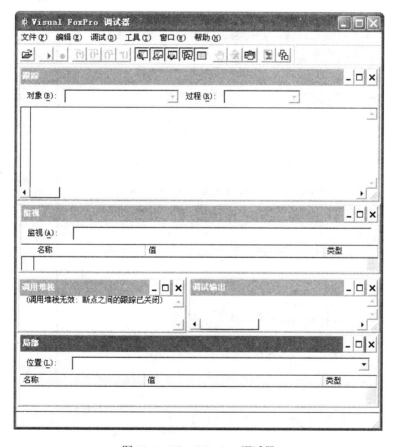

图 11-1　Visual FoxPro 调试器

② 在调试器中选择菜单"文件"，打开 f1.prg 文件，程序代码会显示在"跟踪"窗口中，如图 11-2 所示。

③ 在"调试"菜单中选择"单步跟踪"命令或直接按 F8 快捷键，单步运行程序，直至最后一条命令。注意"调用堆栈"窗口显示内容的变化，如图 11-3 所示。

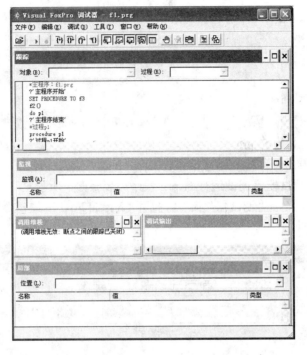

图 11-2   在 Visual FoxPro 调试器中打开程序

图 11-3   调试器中"调用堆栈"窗口的变化

试一试

① 根据程序内容和运行结果，画出程序执行路线图。

② 在调试器中观察"监视"、"局部"、"输出"窗口的内容，体会这些窗口的作用。

③ 编写程序实现 1! +2! + … +10! 的计算，其中计算任意整数的阶乘用过程实现。

2. 模块间参数传递

1）编写程序，代码如下所示。

```
clear
store 100 to x1,x2
set udfparms to value          &&设置按值传递
do p4 with x1,(x2)             &&x1 按引用传递，x2 按值传递
? "第一次：",x1,x2
store 100 to x1,x2
p4(x1,(x2))                    &&x1，x2 都按值传递
? "第二次：",x1,x2
set udfparms to reference      &&设置引用传递
do p4 with x1,(x2)             &&x1 按引用传递，x2 按值传递
? "第三次：",x1,x2
store 100 to x1,x2
p4(x1,(x2))                    &&x1 按引用传递，x2 按值传递
? "第四次：",x1,x2
*过程p4
procedure p4
parameters x1,x2
store x1+1 to x1
store x2+1 to x2
endproc
```

保存文件，命名为 myprog2.prg。

2）运行程序 myprog2.prg，检查运行结果。

试一试

① 根据程序内容和运行结果，画出程序执行路线图，写出参数传递的过程和方式。
② 在调试器中调试该程序，注意观察"局部"窗口的内容，并在"监视"窗口中监视程序中的各变量，体验参数传输传递的过程。

3. 变量的作用域

1）编写程序 myprog3.prg，代码如下所示。

```
public x1                      &&建立全局变量x1,初值为.F.
LOCAL x2                       &&建立局部变量x2,初值为.F.
STORE "F" TO x3                &&建立私有变量x3,初值为.F.
DO p6
? "主程序中... "              && 3 个变量在主程序中都可以使用
? "x1=",x1
? "x2=",x2
? "x3=",x3
RETURN
PROCEDURE p6
? "子程序中···"               &&全局变量和私有变量在子程序中都可以使用
```

```
? "x1=",x1
? "x3=",x3
RETURN
```

2）运行程序 myprog3.prg。

3）在"命令"窗口中输入如下命令。

```
RELEASE ALL
DO myprog3
? "返回命令窗口时…"
? "x1=",x1
? "x2=",x2
? "x3=",x3
```

4）检查运行结果。

试一试

① 根据程序内容和运行结果，画出程序执行路线图，分析各变量的作用域。

② 在调试器中调试该程序，注意观察"局部"窗口的内容，并在"监视"窗口中监视程序中的各变量，体验各变量的作用域。

三、思考与练习

1）编写一个求圆面积的函数 area。当键盘输入一个半径值时，通过调用 area 函数，计算圆面积。程序文件名为 manji.prg，程序源代码如下所示。

```
SET TALK OFF
CLEAR
STORE 0.00 TO R
INPUT "请输入圆的半径: " TO R
?"半径为",R,"的圆面积为: "
?? area(R)
RETU
********** AREA***********
FUNCTION AREA (r)
S=PI()*r*r
RETURN  S
ENDPROC
```

建立并调试运行程序。

2）编写求 $n!$ 的函数 jc，调用 jc 函数求以下表达式的值。

$$Y = C_n^m = \frac{n!}{m!(n-m)!}$$

实验十二　设计与数据表无关的表单

一、实验目的

1）掌握面向对象程序的运行机制。
2）掌握利用"表单设计器"创建表单的方法。
3）掌握"标签"、"定时器"、"按钮"等控件的使用方法。

二、实验内容和步骤

设计 Visual FoxPro 表单程序首先根据要完成的任务设计表单窗口中需要的控件，然后，设置其属性，并通过编写相应的事件代码指定程序完成的具体任务。

本实验要求设计一个如图 12-1 所示的表单。

图 12-1　表单运行效果

具体要求如下：表单名和表单文件名为 Timer，表单标题为"时钟"，表单运行时自动显示系统的时间。

1）显示时间的为标签控件 Label1，要求在表单中居中，标签文本对齐方式为居中，文本字号为 36。
2）单击"暂停"命令按钮（Command1）时，时钟停止。
3）单击"继续"命令按钮（Command2）时，时钟继续显示系统的当前时间。
4）单击"退出"命令按钮（Command3）时，关闭表单。

1. 界面设计

1）选择菜单"文件"→"新建"→"表单"→"新建文件"，打开表单设计器，如图 12-2 所示。在属性窗口中修改 Name 属性为"Timer"，Caption 属性为"时钟"。

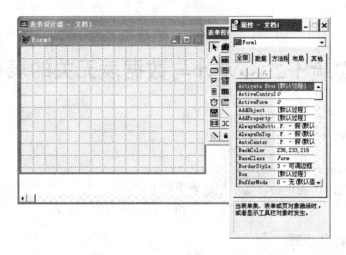

图 12-2 空白表单

2）在表单上添加一个标签控件，在属性窗口中设置 Alignment 为"2-中央"，Fontsize 为 36，单击"布局"工具栏中的 ，使标签在表单中居中，如图 12-3 所示。

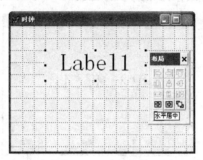

图 12-3 标签对象

3）在表单上添加一个定时器控件，在"属性"窗口中设置 Interval 为 500。

4）在表单上依次添加三个命令按钮，在"属性"窗口中依次设置 Caption 为"暂停"、"继续"和"退出"。

5）界面设计结束后，显示结果如图 12-4 所示。

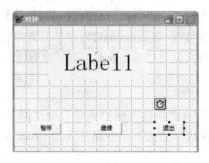

图 12-4 表单界面

2. 代码设计

1）双击定时器（Timer1）对象，打开代码编写窗口，选择 timer 过程，书写如下代码。

```
thisform.Label1.caption=time()
```

2）双击"暂停"命令按钮（Command1）对象，打开代码编写窗口，选择 click 过程，书写如下代码。

```
thisform.Timer1.Interval=0
```

3）双击"继续"命令按钮（Command2）对象，打开代码编写窗口，选择 click 过程，书写如下代码。

```
thisform.Timer1.Interval=500
```

4）双击"退出"命令按钮（Command3）对象，打开代码编写窗口，选择 click 过程，书写如下代码。

```
thisform.release
```

3. 调试运行

单击常用工具栏上的 ! 按钮，在弹出的"保存"对话框中，保存表单文件，命名为 Timer.scx。然后在运行的表单中依次单击三个命令按钮，检查能否实现设定的功能。

三、思考与练习

1）事件方法相对一般方法有什么特点？

2）表单中时间显示是如何自动刷新的？每秒中刷新多少次？

3）"暂停"和"继续"命令按钮是如何实现既定功能的？如何解释暂停和继续之间时间文字显示的不连续？

4）总结表单中各对象是如何配合运行的，画出表单中各过程的执行线路图。

实验十三　利用表单向导设计表单

一、实验目的

1）掌握利用表单向导设计表单的方法。
2）掌握利用"表单设计器"修改表单的方法。

二、实验内容和步骤

本实验利用一对多表单向导设计如图 13-1 所示的显示学生成绩信息的表单，然后用表单设计器将其打开，根据自己的要求修改。

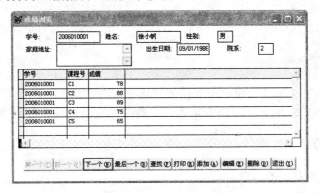

图 13-1　表单运行效果

1. 表单向导

1）选择菜单"文件"→"新建"→"表单"→"向导"，在如图 13-2 所示的窗口中选择"一对多表单向导"，单击"确定"按钮。

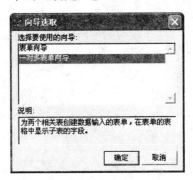

图 13-2　向导选取

2）进入"向导步骤1"，单击一按钮选择"学生.dbf"为父表，如图13-3所示。

图 13-3 选择父表

3）在"学生.dbf"中选择的相应字段为父表字段，如图13-4所示，单击"下一步"按钮。

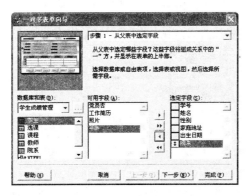

图 13-4 选择父表字段

（4）进入"向导步骤2"，因为"学生.dbf"所在的数据库已经打开，直接选择"选课.dbf"中的所有字段为子表字段，如图13-5所示，单击"下一步"按钮。

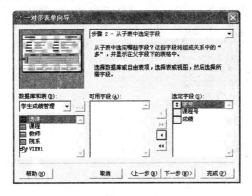

图 13-5 选择子表字段

5）进入"向导步骤 3"，将默认的两表通过学号连接，如图 13-6 所示，单击"下一步"按钮。

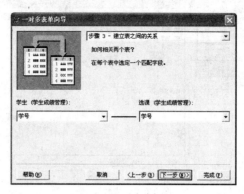

图 13-6　建立表之间的关系

6）进入"向导步骤 4"，采用默认的样式和按钮类型，如图 13-7 所示，单击"下一步"按钮。

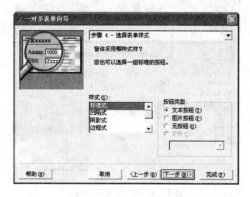

图 13-7　选择表单样式

7）进入"向导步骤 5"，选择"学号"为升序，如图 13-8 所示，单击"下一步"按钮。

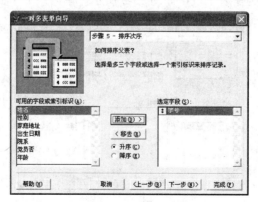

图 13-8　排序次序

8）进入"向导步骤 6"，输入表单标题"学生成绩浏览"，如图 13-9 所示。单击"预览"按钮，可以预览表单的显示效果，如图 13-10 所示。

图 13-9　表单完成

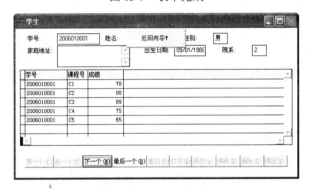

图 13-10　表单预览

9）单击"完成"按钮，在弹出的"另存为"对话框中输入"学生成绩浏览"，保存表单，如图 13-11 所示。

图 13-11　保存表单

2. 修改表单

选择菜单"文件"→"打开"→"表单"，在表单设计器中，打开表单"学生成绩浏览.scx"，修改、美化表单，调试运行。

三、思考与练习

1）对比表单设计器和表单向导两种工具各有什么优缺点。

2）利用表单向导设计一个学生信息的浏览表单。

实验十四　设计查询表单

一、实验目的

1）掌握典型的查询表单的设计方法。
2）掌握使用表单设计器设计与数据表相关的表单的一般方法。
3）掌握文本框控件、表格控件的属性和设置方法。

二、实验内容和步骤

本实验利用表单设计器设计如图 14-1 所示的成绩查询表单。

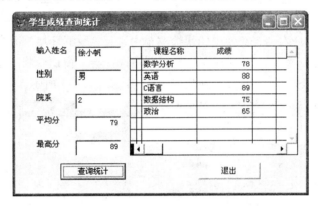

图 14-1　表单运行效果

1）选择菜单"文件"→"新建"→"表单"→"新建文件"，打开表单设计器。使用"控件"工具栏在表单上部署对象，如图 14-2 所示。

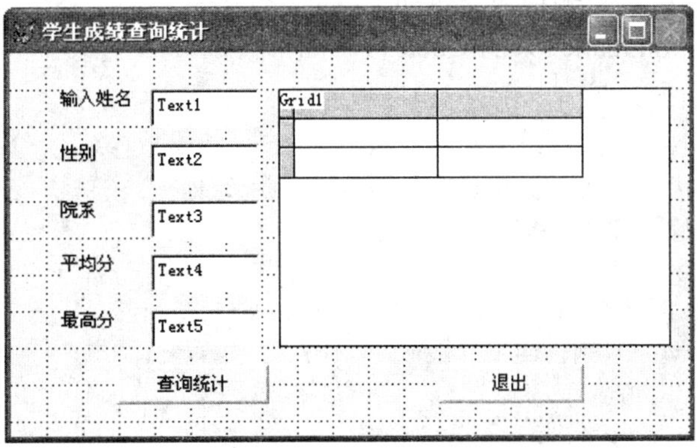

图 14-2　静态设计效果

其中各对象的相关属性设置如表 14-1 所示。

表 14-1　各对象的相关属性

对象	属性	值	对象	属性	值
表单	Name	Form1（默认值）	文本框 1	Name	Text1（默认值）
	Caption	学生成绩查询统计	文本框 2	Name	Text2（默认值）
标签 1	Name	Label1（默认值）	文本框 3	Name	Text3（默认值）
	Caption	输入姓名	文本框 4	Name	Text4（默认值）
标签 2	Name	Label2（默认值）	文本框 5	Name	Text5（默认值）
	Caption	性别	表格	Name	Grid1（默认值）
标签 3	Name	Label3（默认值）		Reordsource	4－SQL 说明
	Caption	院系	命令按钮 1	Name	Command1（默认值）
标签 4	Name	Label4（默认值）		Caption	查询统计
	Caption	平均分	命令按钮 2	Name	Command2（默认值）
标签 5	Name	Label5（默认值）		Caption	退出
	Caption	最高分			

2）在表单空白处右击，在弹出的快捷菜单中选择"数据环境"命令，或在菜单"显示"中选择"数据环境"命令，打开"数据环境设计器"窗口，将"学生.dbf"、"选课.dbf"和"课程.dbf"三个表添加到数据环境中，如图 14-3 所示。

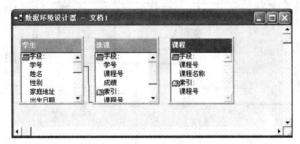

图 14-3　数据环境

3）在代码编辑窗口中编写命令按钮 Click 事件的代码。

"查询统计"（Command1）的 Click 代码如下所示。

```
xm=alltrim(thisform.text1.value)
thisform.grid1.recordsource="SELECT 课程.课程名称, 选课.成绩;
 FROM 学生 INNER JOIN 选课 INNER JOIN 课程;
   ON  课程.课程号 = 选课.课程号;
   ON  学生.学号 = 选课.学号;
 WHERE 学生.姓名 = xm into cursor lsb"
SELECT 学生.性别, 学生.院系 FROM 学生成绩管理!学生;
 WHERE 学生.姓名 = xm into array sz1
 thisform.text2.value=sz1(1)
 thisform.text3.value=sz1(2)
SELECT avg(成绩), max(成绩) FROM  学生 INNER JOIN 选课;
```

```
   ON  学生.学号 = 选课.学号;
WHERE 学生.姓名 = xm into array sz2
thisform.text4.value=sz2(1)
thisform.text5.value=sz2(2)
```
"退出"(Command2)的 Click 代码如下所示。
```
thisfrom.release
```

运行表单,保存为"学生成绩查询统计.scx",验证运行结果。

三、思考与练习

1)表单的数据环境有什么作用?数据环境中可以添加哪几种类型的数据源?

2)表单的数据环境以及添加到数据环境中的数据源都是对象,它们常用的属性有哪些?

3)标签、文本框、命令按钮和表格控件的常用属性和方法有哪些?

4)总结面向对象的程序设计和面向过程的程序设计在代码编写方面有什么区别和联系。

5)设计如图 14-4 所示的表单,实现学生表"学生.dbf"和选课表"选课.dbf"之间记录的联动,即在左边表格中选中一条记录,右边表格中就可显示对应学生的成绩信息。

图 14-4 成绩浏览表单

实验十五 设计报表

一、实验目的

1）掌握使用向导创建报表的方法。

2）掌握使用设计器创建快速报表的方法。

3）掌握使用报表设计器创建和修改报表的方法。

二、实验内容和步骤

报表包含数据源和布局两个基本组成部分。数据源通常是数据库表、视图、查询等，布局是指报表中显示内容的位置和格式。

本实验利用三种方法来创建报表，并打印预览输出，其中数据源是"学生.dbf"。

1. 利用向导创建报表

1）启动报表向导。选择菜单"文件"→"新建"→"报表"→"向导"，在"向导选取"对话框中选择"报表向导"，如图 15-1 所示。

2）向导步骤 1：选取字段。选择"学生.dbf"的部分字段，如图 15-2 所示。

图 15-1 "向导选取"对话框

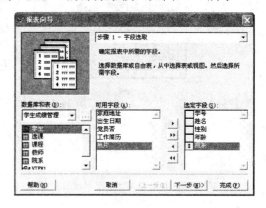

图 15-2 选取字段

3）向导步骤 2：记录分组。记录不分组，如图 15-3 所示。

4）向导步骤 3：选择报表样式。报表样式选择"经营式"，如图 15-4 所示。

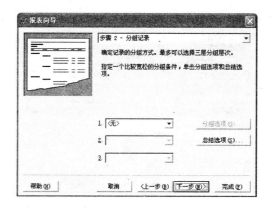

图 15-3 记录分组

图 15-4 选择报表样式

5）向导步骤4：定义报表布局。报表布局选择默认值，即不分栏，且字段按列排列，每行一个记录，纸张方向为"纵向"，如图 15-5 所示。单击"下一步"按钮。

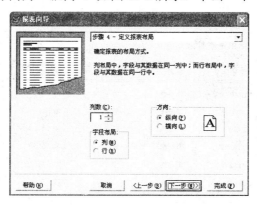

图 15-5 定义报表布局

6）向导步骤5：排序记录。记录选择按"学号"排序，如图 15-6 所示。

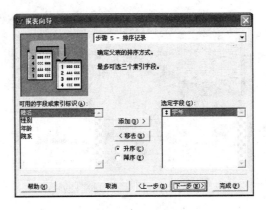

图 15-6　排序记录

7）向导步骤 6：完成。输入报表标题"学生基本信息"，如图 15-7 所示。单击"预览"按钮，可以预览报表，如图 15-8 所示。单击"完成"按钮，保存报表为"学生基本信息 1.frx"。

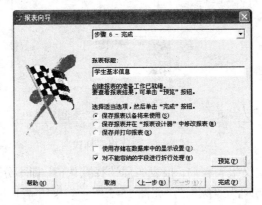

图 15-7　完成

学生基本信息				
10/08/08				
学号	姓名	性别	年龄	院系
2006010001	徐小帆	男	20	2
2006010003	张洋洋	男	20	2
2006010005	王三凤	男	19	1
2006010008	邓一鹏	男	21	6
2006010010	辛小明	女	20	6
2006010012	王小小	女	19	3
2006010023	王力	男	20	4
2006010035	钱克非	男	20	6
2006010042	王力	女	21	3

图 15-8　预览报表

2. 利用报表设计器创建"快速报表"

"快速报表"是报表设计器的一个独立功能，在启动"快速报表"之前，应首先启动报表设计器。

1）启动报表设计器：选择菜单"文件"→"新建"→"报表"→"新建文件"，打开报表设计器。

2）使用快速报表：在"报表"菜单中选择"快速报表"命令，如图15-9所示。系统弹出"打开"对话框，选择"学生.dbf"，单击"确定"按钮，系统打开"快速报表"对话框，如图15-10所示。

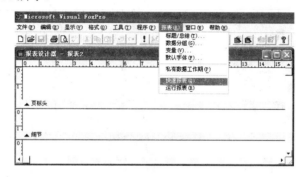

图15-9 快速报表菜单项

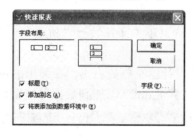

图15-10 "快速报表"对话框

① 报表格式排列：选择第一个"字段布局"按钮，它表示选中的字段在报表中排成一行，即每行一个记录，每列一个字段，字段名位于字段内容上方。

② 报表字段选择：单击"字段"按钮，在弹出的"字段选择器"对话框中，单击"全部"按钮，选择输出部分字段，如图15-11所示。

图15-11 "字段选择器"对话框

3）单击“确定”按钮，关闭“字段选择器”对话框，在“快速报表”对话框中单击“确定”按钮，设计器完成报表的生成，如图 15-12 所示。

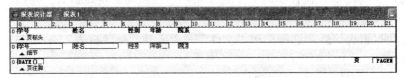

图 15-12　报表设计器

4）选择菜单“显示”→“预览”，或在常用工具栏中单击“打印预览”按钮，显示的打印效果如图 15-13 所示。预览完后单击“返回”按钮返回报表编辑状态。

学号	姓名	性别	年龄	院系
2006010001	徐小帆	男	20	2
2006010010	辛小明	女	20	6
2006010005	王三风	男	19	1
2006010008	邓一鹏	男	21	6
2006010003	张洋洋	男	20	2
2006010012	王小小	女	19	3
2006010035	钱克非	男	20	6
2006010042	王力	女	21	3
2006010023	王力	男	20	4

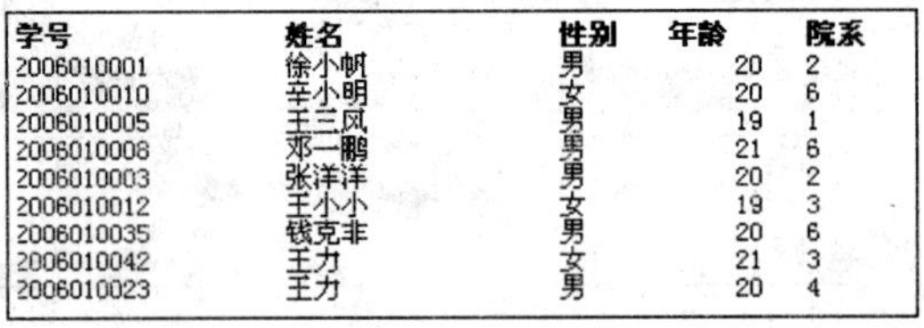

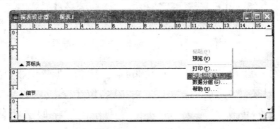

图 15-13　预览报表

5）保存报表文件为“学生基本信息 2.frx”。

3. 使用设计器设计报表

1）启动报表设计器：选择菜单“文件”→“新建”→“报表”→“新建文件”，打开报表设计器。

2）添加数据源：在报表设计器空白处右击，在弹出的快捷菜单中选择“数据环境”命令，如图 15-14 所示。把“学生.dbf”添加到数据环境窗口中，如图 15-15 所示。

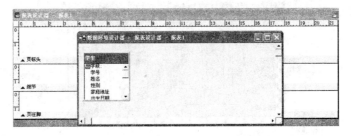

图 15-14　“数据环境”菜单项

图 15-15　数据环境窗口

3）单击"报表控件"工具栏上的**A**按钮，在"页标头"带区添加几个标签，分别输入学生表中几个字段的名字。在数据环境中直接拖动学生表中的几个字段到"细节"带区，会自动生成几个域控件，如图 15-16 所示。

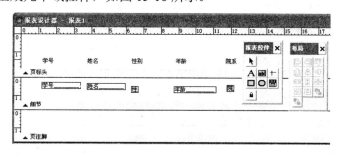

图 15-16　定义"页标头"和"细节"带区

4）使用"布局"工具栏上的工具，调整"页标头"和"细节"两个带区内容的布局。

5）选择　"报表"→"标题/总结"命令，在弹出的"标题/总结"对话框中选择"标题带区"，如图 15-17 所示。单击"确定"按钮返回。

图 15-17　"标题/总结"对话框

6）单击"报表控件"工具栏上的**A**按钮，在"标题"带区添加一个标签，输入"学生基本信息"，并选择"格式"→"字体"命令，把文字定义为四号字。单击"报表控件"工具栏上的按钮，在"标题"带区添加一个域控件，在"报表表达式"对话框的"表达式"文本框中输入"date( )"，如图 15-18 所示。单击"确定"按钮返回，输入"学生基本信息"，如图 15-19 所示。

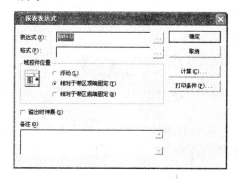

图 15-18　"报表表达式"对话框

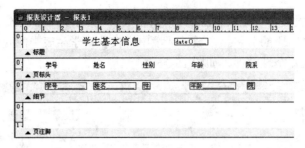

图 15-19　定义报表标题

7）关闭报表设计器，保存报表为"学生基本信息 3.frx"。

4. 打印预览报表

设计报表的最终目的是为了打印输出数据，Visual FoxPro 中提供了两种方法可实现报表的打印。

（1）菜单方式打印报表

执行"文件"菜单中的"打印"命令，或者单击工具栏中的 按钮，系统将弹出"打印"对话框，如图 15-20 所示。

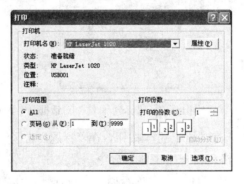

图 15-20　"打印"对话框

（2）命令方式输出报表

设计好的报表最直接的输出方式是在程序中或"命令"窗口中通过 REPORT 命令来实现，其命令如下所示。

```
REPORT FORM <报表文件名> [PREVIEW] TO PRINT
```

其中，"PREVIEW"选项指定在屏幕上预览报表，"TO PRINTER"选项指定在打印机上打印报表。

在实验室环境下，计算机一般不连接打印机，可以通过预览报表来检查打印的效果。在命令窗口中分别输入以下命令，预览报表。

```
report form 学生基本信息1 preview
report form 学生基本信息2 preview
report form 学生基本信息3 preview
```

三、思考与练习

1）Visual FoxPro 中建立、修改与运行报表各有什么方法？它们的优缺点是什么？

2）修改数据源表文件以后，运行原有的报表文件，结果会如何？

3）报表包括哪几个基本组成部分？

实验十六　设计下拉式菜单

一、实验目的

1) 掌握使用菜单设计器设计主菜单和子菜单的方法。

2) 掌握下拉式菜单项的运行方法。

二、实验内容和步骤

本实验要创建如图 16-1 所示的结构菜单。

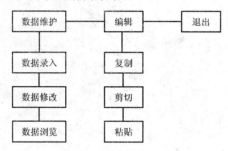

图 16-1　菜单结构

1) 选择菜单"文件"→"新建"→"菜单"→"新建文件", 在弹出的"新建菜单"对话框中选择"菜单", 如图 16-2 所示。打开菜单设计器, 如图 16-3 所示。

图 16-2　"新建菜单"对话框

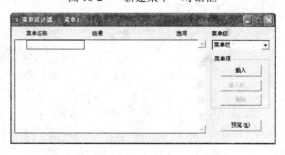

图 16-3　菜单设计器

2）在"菜单名称"栏中依次输入"数据维护（\<W）"、"编辑（\<B）"和"退出（\<R）"，在"结果"栏中分别选择"子菜单"、"子菜单"和"过程"选项，如图 16-4 所示。

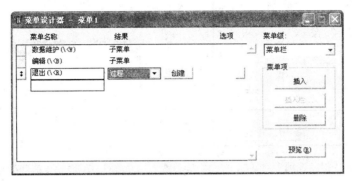

图 16-4　条形菜单

注　意

① "数据维护（\<W）"中的"\<"是转义定义符，为此菜单项定义访问键 W，这种方法也可以为命令按钮定义访问键，如将一命令按钮的 Caption 属性定义为"\<Cancel"，则"C"为此命令按钮的访问键。

② "菜单级"显示的是菜单的内部名，条形菜单的菜单级是"菜单栏"，不可改变；弹出式菜单的菜单级可以改变，一般情况下用户不使用菜单内部名。

3）单击"数据维护（\<W）"菜单项后面的"创建"按钮，进入下一级菜单设计，定义它的子菜单，如图 16-5 所示。

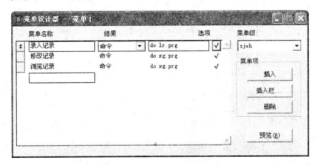

图 16-5　设计维护的子菜单

每个菜单项的"选项"列是一个命令按钮，单击它可以为该菜单项定义快捷键。方法是单击此按钮，弹出"提示选项"对话框，在"键标签"文本框中直接按组合键。如为"录入记录"定义快捷键，直接按 Ctrl+I 组合键，如图 16-6 所示。分别为三个菜单项定义快捷键 Ctrl+I、Ctrl+U 和 Ctrl+B。

选择"显示"→"常规选项"命令，弹出"菜单选项"对话框，在"名称"文本框中修改菜单级为 sjwh，如图 16-7 所示。

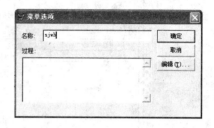

图 16-6 "提示选项"对话框　　　　　　　　图 16-7 "菜单选项"对话框

4）在菜单设计器中选择菜单级为"菜单栏"，返回条形菜单，单击"编辑（\<W）"菜单项后面的"创建"按钮，进入下一级菜单设计，定义它的子菜单。此处三个菜单项都是 Windows 系统本身的菜单项，可以直接插入。在菜单设计器中单击"插入"按钮，会显示 Windows 系统的所有菜单项，可以选择插入，如图 16-8 所示。

图 16-8 "插入系统菜单栏"对话框

分别插入"复制"、"剪切"和"粘贴"菜单项，修改菜单级为 bj，如图 16-9 所示。

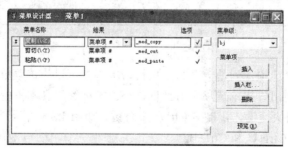

图 16-9 编辑的子菜单

插入的系统菜单项的"结果"和"选项"列不要做修改，否则，可能会出错。

5）在菜单设计器中选择菜单级为"菜单栏"，返回条形菜单，单击"退出（\<R）"菜单项后面的"创建"按钮，进入过程编辑窗口，编写过程代码，如图 16-10 所示。

图 16-10　"退出"的代码

此处第一条命令的功能是不将这个菜单保存成默认菜单，第二条命令的功能是把系统菜单恢复成默认菜单。因为在默认情况下，用户菜单运行时不将用户菜单保存为默认菜单，所以，第一条命令一般可以省略掉。

6）菜单设计结束，单击 🖫 按钮保存菜单，命名为 MYMENU1.MNX。

7）选择"菜单"→"生成"命令，弹出如图 16-11 所示的对话框。

图 16-11　"生成菜单"对话框

在对话框中可以为菜单运行文件重命名，默认和菜单文件名称相同，单击"生成"按钮，生成菜单运行文件。

设计菜单时必须要生成，因为.mnx 文件不能运行，.mpr 文件才能运行，这和表单设计是不同的。

8）生成结束后，关闭菜单设计器。要运行菜单，还要编写三个.prg 文件的代码（实际应用中，一般先编写这些文件，再设计菜单）。

选择菜单"文件"→"新建"→"程序"，打开程序编写窗口，分别编写演示代码，如下所示。

lr.prg：

```
messagebox("正在录入记录")
```

xg.prg：

```
messagebox("正在修改记录")
```

ll.prg：

```
messagebox("正在浏览记录")
```

9）在"命令"窗口中输入运行菜单的命令"DO MYMENU1.MPR"，运行菜单，验证执行结果。

注 意

"DO MYMENU1.MPR"命令中的".MPR"扩展名必须要有，因为 DO 命令默认运行的是.prg 文件。

三、思考与练习

1）在菜单设计器打开的情况下，选择"显示"→"常规选项"命令，在"常规选项"对话框中有关于位置的几个选项，如图 16-12 所示。分别选择不同的位置，运行菜单，比较菜单运行时有何不同。

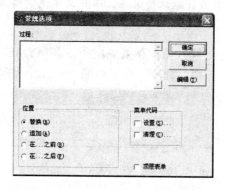

图 16-12   "常规选项"对话框

2）菜单设计过程中会生成几种类型的文件，各起什么作用？

实验十七　设计快捷菜单

一、实验目的

1）掌握使用菜单设计器设计快捷菜单的方法。
2）掌握快捷菜单的运行方法。

二、实验内容和步骤

本实验要设计如图 17-1 所示的快捷菜单。选中"日期"或"时间"选项时，表单标题将变成当前日期或时间；选中"变大"或"变小"选项时，表单大小缩放 10%。

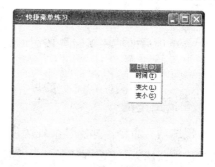

图 17-1　菜单的运行效果

1）选择菜单"文件"→"新建"→"菜单"→"新建文件"，在弹出的"新建菜单"对话框中选择"快捷菜单"命令，进入菜单设计器，设计各菜单项，如图 17-2 所示。

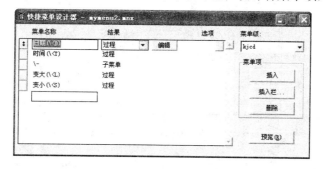

图 17-2　各菜单项内容

注　意

第三行"\-"是转义符，定义此行显示为一条分割线，它的结果列任意，不需要定义。快捷菜单的菜单级可以更改，kjcd 是更改后的名字。

2）单击"日期（\<D）"菜单项后面的"编辑"按钮，进入"代码编辑"窗口，输入以下代码。

```
s=dtoc(date(),1)
ss=left(s,4)+"年"+substr(s,5,2)+"月"+right(s,2)+"日"
myform.caption=ss
```

3）单击"时间（\<T）"菜单项后面的"编辑"按钮，进入"代码编辑"窗口，输入以下代码。

```
s=time()
ss=left(s,2)+"时"+substr(s,4,2)+"分"+right(s,2)+"秒"
myform.caption=ss
```

4）单击"变大（\<L）"菜单项后面的"编辑"按钮，进入"代码编辑"窗口，输入以下代码。

```
myform.width=myform.width*1.1
myform.height=myform.height*1.1
```

5）单击"变小（\<S）"菜单项后面的"编辑"按钮，进入"代码编辑"窗口，输入以下代码。

```
myform.width=myform.width*0.9
myform.height=myform.height*0.9
```

6）选择"显示"→"常规选项"命令，弹出"常规选项"对话框，如图 17-3 所示。

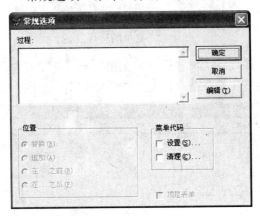

图 17-3　"常规选项"对话框

在对话框中选中"设置"复选框，弹出设置"过程代码编辑"窗口，单击"常规选项"对话框中的"确定"按钮，就可以在设置"过程代码编辑"窗口中输入代码，代码如下所示。

```
PARAMETERS myform
```

注　意

　　设置过程是 MPR 文件的第一个过程，相当于文件的头。PARAMETERS 是定义形式参数的命令，要求必须写在被调用过程的第一条，所以在设置过程中定义形参比较合适。

　　7）同上一步，在清理代码窗口中输入以下代码。

```
release popups kjcd
```

注　意

　　清理过程是 MPR 文件的最后一个过程，相当于文件的尾。POPUPS 是表示快捷菜单的关键字，如同 MENU 表示条形菜单一样。

　　8）保存菜单文件，命名为 MYMENU2.MNX，同时生成菜单运行文件 MYMENU2.MPR。

　　9）新建一个表单，数值表单的 Caption 属性为"快捷菜单练习"，编写表单的 RightClick 代码，代码如下所示。

```
do mymenu2.mpr with this
```

注　意

　　此处 this 表示当前对象（即表单），是实参，这条命令是指把当前表单传递给形参 myform。

　　10）保存表单为"快捷菜单练习.scx"，运行表单，检验运行结果。

三、思考与练习

　　1）本实验中快捷菜单的设置过程代码是为了接收实在参数，清理代码是为了释放快捷菜单，为什么在上一个实验中下拉式菜单没有编写清理代码？快捷菜单的清理代码是否必需？

　　2）本实验中为什么要传递参数，能不能直接在菜单中引用表单的名字？传递参数有什么优点？

实验十八 综 合 实 验

一、实验目的

综合实验是课程教学的重要环节，是学习完"Visual FoxPro 程序设计"课程后进行的一次全面的综合练习。本实验要求用 Visual FoxPro 6.0 数据库管理系统制作一个小型的管理信息系统，所设计的小型管理信息系统应包含输入、输出、插入、删除、修改、查询、统计、报表等基本功能。目的在于加深对数据库基础理论和基本知识的理解，掌握使用数据库进行软件设计的基本方法，提高运用数据库解决实际问题的能力，使读者最终能够进行小型应用系统的设计与开发。

二、时间安排

综合实验时间为一周到两周，在做完基本实验后进行，可以个人完成也可以按小组完成。

三、设备与环境

1）公共计算机开放实验室、实验中心开放实验室。
2）PC 兼容机、Windows 系列操作系统、Visual FoxPro 数据库编程环境。

四、实验内容

1）对管理信息系统作需求分析。
2）设计合理的数据库结构。
3）设计管理信息系统的系统结构，并将系统分解为模块结构。
4）编写各模块的程序代码，并调试运行。
5）组装、测试管理信息系统。
6）发布管理信息系统。
7）试运行管理信息系统，作初步维护。

五、实验选题

课题的选择可以是指定的题目，也可以自主选题，最好是与现实生产研究紧密相关的课题。以下是指定的题目。
1）学生成绩管理系统。
2）学校教务管理系统。
3）教材管理系统。

4）图书管理系统。

5）人事管理系统。

6）职工工资管理系统。

7）档案管理信息系统。

8）考勤管理系统。

9）学籍管理系统。

10）证件管理系统。

11）小型企业进销存管理系统。

12）物业管理系统。

13）仓库管理系统。

14）企业订货管理系统。

15）超市管理系统。

16）家庭理财管理系统。

17）通讯录管理系统。

18）医疗信息管理系统。

19）票据打印系统。

20）学校收费管理系统。

21）学生宿舍管理系统。

六、实验报告

要求写出详细的实验报告，实验报告一般有如下几个方面的内容。

1）需求分析。

2）概要设计。

3）详细设计。

4）调试分析。

5）测试结果。

6）系统使用说明。

七、实验指导

主讲教师应全程指导实验，指导方式包括现场指导和通过网络教学平台远程指导等多种形式。

八、实验考查

由指导教师根据学生完成任务的情况、实验报告的质量和实验过程中的学习态度等综合打分，记入课程成绩。

附录 Visual FoxPro 程序设计实验大纲

一、实验目的

"Visual FoxPro 程序设计"是一门实践性很强的课程,所以上机实验是 Visual FoxPro 程序设计必不可少的实践环节。学生在学习这门课程时,要十分重视实践环节,因为本课程的主要目的是锻炼和培养学生实际操作和解决实际问题的能力。

通过对本课程的学习,学生应该基本掌握面向对象程序设计及可视化程序设计的思想与方法,熟悉 Visual FoxPro 的操作环境与系统开发环境,能利用 Visual FoxPro 设计小型的简单实用的数据库应用系统。

二、实验环境

硬件环境:PC 兼容机、Pentium III 以上的微机系统。

软件环境:Windows 95、Windows 98、Windows 2000、Windows XP 等,Visual FoxPro 6.0 以上版本。

三、实验内容和总体要求

1)了解在 Windows 操作系统下运行和操作 Visual FoxPro 数据库系统的环境、方法和步骤,提高和拓展计算机应用的能力。

2)熟悉 Visual FoxPro 的用户界面和运行方式,掌握 Visual FoxPro 的各种数据类型以及常量、变量、表达式、函数等各种数据元素,了解 Visual FoxPro 的命令格式和主要文件类型等基础知识。

3)掌握数据表的创建方法以及数据记录的插入、删除、修改、排序、索引、查找、统计汇总等基本操作,掌握多个数据表之间的关联、更新等操作。

4)掌握数据库创建与维护的方法以及数据视图、数据库表之间的永久关系和参照完整性等知识,掌握应用数据库技术管理大量信息的基本技能。

5)熟悉 SQL 结构化查询语言,了解该语言的特点,着重掌握 SQL 的数据定义语言、数据修改语言和数据查询语言,能够使用基本的 SQL 命令创建、维护、查询数据库和数据表。

6)掌握结构化程序设计的基本知识、方法和技巧,掌握顺序、分支和循环等基本程序流程的控制语句以及模块化程序设计的方法,能够读懂、编写和调试一些相对简单的应用程序。

7)了解对象、类、属性、方法、事件等面向对象程序设计的基本概念,基本掌握面向对象程序设计及可视化程序设计的方法,能够使用 Visual FoxPro 所提供的开发工具创建表单、报表和菜单等。

四、实验学时分配表

序号	实验项目和名称	实验学时
1	认识 Visual FoxPro 的集成开发环境	2
2	Visual FoxPro 基础	2
3	数据表的基本操作	2
4	数据库的操作	2
5	索引和数据完整性	2
6	结构化查询语言——简单查询	2
7	结构化查询语言——复杂查询	2
8	结构化查询语言——操作和定义功能	2
9	查询与视图	—
10	设计简单程序	—
11	设计多模块程序	—
12	设计与数据表无关的表单	—
13	利用表单向导设计表单	2
14	设计查询表单	2
15	设计报表	2
16	设计下拉式菜单	2
17	设计快捷菜单	2
18	综合实验	1~2 周

主要参考文献

教育部考试中心. 2010. 全国计算机等级考试二级教程——Visual FoxPro 程序设计[M]. 北京：高等教育出版社.

刘瑞新等. 2008. Visual FoxPro 程序设计教程上机指导与习题解答[M]. 北京：机械工业出版社.

刘卫国. 2008. Visual FoxPro 程序设计上机指导与习题讲解[M]. 北京：北京邮电大学出版社.

山东省教育厅. 2008. Visual FoxPro 数据库与程序设计实验教程[M]. 东营：石油大学出版社.